時光裡最溫柔的情歌

菻寧——著

目次

Chapter 01

悠揚的歌聲在教室裡迴盪。

午後的陽光透過窗戶斜映進室內，將周圍的空氣曬得一片暖烘烘。

時間恍若一條涓涓細流，隨著溫潤的嗓音緩慢流動。

徜徉在這股恬然的氛圍，我深吸了口氣，準備進入下一段副歌時——

忽然，教室的前門被人給用力推開。

歌聲戛然而止。

「就知道妳在這裡！」琬茵朝我快步走來，語氣挾著些許無奈，「我說妳啊，練習固然是件好事，但練到忘記上課未免有些過頭了？」

聞言，我瞥了眼牆上的時鐘，頓時一驚。

「什麼？居然這麼晚了！」我趕緊收拾東西，然後將架上的歌譜塞進背包，「妳怎麼沒有打給我？」

「舒毓琦小姐，妳要不要看看手機有幾通未接來電跟訊息？」

我愣怔地拿起放在一旁的手機，這才驚覺有數十通未接來電及通知。

我歉然地笑了笑，語氣愧疚，「抱歉，我忘了我設靜音。」

琬茵則是回以我白眼，「幸好老賴第一堂課沒有點名，算妳走運。」

我先是歡呼，然後拎起背包，隨著琬茵一同離開練習室。

當我們抵達課堂教室時，距離鐘響已過五分鐘。

趁著教授埋頭處理電腦的同時，我悄悄地從後門溜進教室，並在最後一排座位迅速坐下，琬茵則是坐在我前一排的位置。

教室裡一片寂靜，似乎正在等待教授處理電腦的問題。

我意興闌珊地環顧周圍，發覺跟我坐在同一排座位的還有一位男生。

他戴著一副黑框眼鏡，相貌斯文，穿著整齊。

但對方看著有點陌生，似乎不是系上的同學，難道是學長？

我擰起眉，思忖著系上有哪些學長時，忽然，一道目光冷不防朝我投來。

我頓時愣住，還來不及反應，便與那男生四目相接。

對方原先毫無波瀾的眼眸，在對視的那瞬間，突然瞠大。

我不禁感到困窘，正想扭頭迴避他的視線時，一道聲音忽然落入耳裡——

「……舒毓琦？」

他的語氣盡是不確定，像是試探。

我愣了愣，還沒回應，對方又問了一次：「妳是……舒毓琦吧？」

我先是困惑地望著他，良久，這才頷首回道：「……是啊，怎麼了？」

他沒有說話，瞳孔卻在語落的瞬間瞪大。

他瞠目結舌地看著我，一臉不敢置信。

「……不對，不可能……」

「什麼？」

「一定是哪裡弄錯了，這種事怎麼可能會發生……」

「喂，你還……」

見他神情不對，我皺起眉，正想關心他時，對方卻猝然低下頭，用著顫抖的聲音喃喃說了句：「……舒毓琦居然還活著……」

聞言，我頓時怔住，胸口則是猛烈顫動了下。

腦袋彷彿響起巨雷聲響，震碎我的理智，並擾亂我的思緒。

我還……活著？

什麼意思？

「好了，電腦修好了，那我們繼續剛剛的課程。」耳邊這時響起教授的聲音，將我的思緒猛然拉回現實。

我木然地望著台上的教授，良久，這才將目光移回那個男生身上。

此時的他表情已恢復正常，原先激動的情緒亦緩和不少。

看著對方，想起方才的對話，我不禁感到莫名其妙，「喂，什麼叫舒毓琦居然還活著？我現在不就好好地在你眼前嗎？」

面對我的質問，他沒有說話，僅是安靜地與我對望。

沉默在空氣中橫亙而開，窒息般的沉重感充斥了周圍。

半晌，他歛下眼，似笑非笑地自嘲道：「……也是，這種話說出來誰會相信。」

我皺緊眉頭，依舊不明白他的意思。

他也沒有打算解釋，而是抬起頭，對上我的視線，然後道歉：「抱歉，剛才的話妳就當我沒說過，忘了吧。」

聽到他的提議，我不禁愕然。

還來不及追問怎麼回事時，對方便拿起手機，朝教室的後門走去，躡聲離開。

一直到課堂結束前，他都沒有回來過。

留下我一人，在座位上兀自困惑。

＊＊＊

課堂結束時，已是傍晚時分。

正好肚子也有些餓了，於是我跟琬茵索性去了學校附近的簡餐店用餐。

躊躇許久，最終我在炸豬排套餐畫上一筆橫槓。

坐在對面的琬茵似乎等得不耐煩了，見我畫好，直接抽走菜單，然後交給服務生，絲毫不給我半點反悔的機會。

對此，我忍不住嘟囔：「妳就那麼餓嗎？」

「餓是餓，但有件事比吃飯更重要。」說完，琬茵的神情陡然一變，那眼神簡直就像是檢察官審問嫌犯般，無比犀利，「──從實招來，妳什麼時候跟季晗搭上線的？」

「季晗？」

「妳不知道？」面對我的反應，琬茵顯然有些震驚，在仔細審視我的表情後，她擰眉解釋：「看樣子還真的不知道……剛才課堂上跟妳說話的那個男生，就是季晗。」

我頓時恍然大悟。

季晗……

原來他叫季晗。

「妳認識他？」

「不認識。」

我不禁微愣，「那妳怎麼知道他的名字？」

「物理系的季晗，誰不曉得？」望著滿臉困惑的我，琬茵忍不住輕哂，「算了，不怪妳，畢竟妳的眼裡就只有唱歌，平常要妳記得課程內容已經很勉強了，哪裡還容得下其他資訊。」

「……我怎麼覺得妳是拐著彎在損我。」

「才不是，這是稱讚。」她反駁我的說法，「我是在誇妳對唱歌很投入。」

我先是半信半疑地看著她好幾秒，接著將話題繞回季晗身上，「話說回來，那個季晗……原來是個名人？」

琬茵抽了幾張面紙，一面擦拭著餐具，一面細數對方的事蹟，「指考數學、物理滿分，以榜首之姿錄取本校物理系；入學以來，只要是跟物理相關的必修科目，學期成績都是九十九分，雖然是因為全班平均太低調過分，但據說在調分之前，季晗的分數就已經是九開頭；大一上便加入一間理論計算的實驗室，深得教授的青睞；升大二的暑假順利在國際知名期刊發表論文，成為實驗室主力成員之一。」

停頓幾秒，琬茵揚起唇角，「聽到這些事蹟，妳覺得他能不出名嗎？」

我沒有答聲，而是震懾地看著她。

原來季晗是個學霸啊……

不，簡直就是個天才。

想起方才課堂間他的反應，我忍不住低喃：「真意外……要不是妳跟我說了這些事，我差點就誤以為他是個神經病。」

天才跟瘋子果然只有一線之隔

聽到我的評論，琬茵不禁皺眉，一臉納悶，「什麼意思？」

於是我將剛才跟季晗的對話告訴了琬茵，她聽完則是放聲大笑。

「什麼啊……剛剛課堂上看你們聊得這麼激動，還以為你們興趣相投，聊得起勁，沒想到居然是這樣。」琬茵笑到眼角泛淚，止不住的笑意自唇邊蔓延而開，「看來我們季高材生壓力太大，讀書讀到出現幻覺。」

見琬茵笑得如此誇張，我感覺更鬱悶了，「不過，物理系的學生怎麼會來修資工系的課？」

「很正常吧？」她不以為然地聳肩，「模擬計算本來就會用到程式，他來修課倒也不意外。」

我理解地頷首。

正好這時服務生送上餐點，琬茵拾起筷子，另啟新的話題：「對了，關於入社那件事，妳決定得如何？」

「嗯……」我一面沉思，一面用湯匙攪動附湯，然後道出心聲：「我果然還是想參加明年的音樂祭。」

「既然想，那就參加啊。」琬茵不假思索地回：「還是妳有其他的顧慮？像是課業顧不上？」

「這確實是個考量。」

「也是，每次只要是跟唱歌有關的事，妳都會不自覺投入過多的時間跟心思，以至於忽略其他重要的事。」聽到我的回答，琬茵揚起唇角，趁勢調侃：「——例如忘記上課。」

「……別以為我聽不出來妳是趁機在損我。」

「不不，我這是稱讚——是稱讚！」琬茵立刻反駁，不斷強調，「好吧，看在我們的交情上，我保證這學期絕對不會讓妳被二一。」

「什麼？不是All Pass嗎？」

「妳這就有點強人所難了。」琬茵面露難色，「畢竟妳資質駑鈍，我很難救。」

「妳才資質駑鈍！」

說完，我直接夾走她碗裡最大塊的照燒雞，而這個舉動隨即引來琬茵的抗議。

望著琬茵大聲嚷嚷的臉龐，止不住的笑意使我不禁彎起嘴角。

這傢伙有時雖然毒舌，但更多時候都會在背後默默推我一把。

或許，這就是所謂的朋友。

想到這裡，我不自覺加深笑容，隨後夾了一塊炸豬排放進琬茵的碗裡。

＊＊＊

佇立在流行音樂歌唱社的社辦前，我躊躇地看著門把，懸在半空中的手顯現出滿滿的掙扎。

遲疑片刻，最終我還是決定壓下門把。

然而就在我準備施力的瞬間，眼前的門突然被人給打開——

一張俊秀的臉蛋猝不及防闖進我的視線。

「……社、社長？」我震驚地看著對方，一時之間不曉得該作何反應。

他先是愣然地望著我，隨後擰起眉，試探性地問：「妳是……舒毓琦？」

語落的那刻，我更加震驚，「你……記得我？」

聽到我的疑問，對方笑了，「入社後從不參加社團活動，卻頻繁借用練唱教室，這麼特別的社員我當然記得。」

我頓時感到羞窘。

眼前的人正是流唱社的社長——何子默。

子默學長大我一屆，目前是資管系大三的學生。

當初之所以加入流唱社，是因為我知道流唱社有專屬的練唱教室，我想要有個能好好唱歌的空間，而非真心想加入這個社團。

於是我向當時還是副社長的子默學長提出請求，希望他能准許我不出席任何社團活動，卻依舊保有使用練唱教室的權益。

儘管我明白這個行為有多麼的自私且任性，但子默學長依然答應了我的請求。基本上，除了每學期繳社費的日子之外，平時我幾乎不會出現在社辦。

然而此刻我卻站在社辦的門外，也難怪子默學長會如此驚訝。

「是什麼風把我們可愛的學妹吹來社辦啦？」子默學長半開玩笑地問。

我難為情地搔著頭，「呃……那個，我、我……」

緊張的情緒充盈了胸口，心臟則是劇烈跳動著。

望著子默學長的笑臉，我攥緊拳頭，然後大喊：「——我、我想要正式加入流唱社！」

他皺起眉頭，不明所以，「什麼意思？妳現在不就是我們的社員嗎？」

「是沒錯……」我亦跟著擰起眉，思索著該如何解釋才好，「但是我所謂的『正式加入』，並非像過去那般只存在在名單上，或是只借用練唱教室，而是真的加入這個社團，參加流唱社的活動。」

我迎上子默學長的眼眸，語氣堅定，「——我想成為流唱社的一份子！」

語落的那刻，我注意到子默學長的眼底閃過一絲詫異。

他沒有說話，目光卻停留在我身上，定格住。

沉寂的氛圍沿著空氣朝四面八方蔓延而開，宛如一張無形的網，將我網羅住。鉛石般的沉重感恍若漫天巨浪，鋪天蓋地朝我席捲而來，令人快要窒息。

子默學長凝視我許久，然後側過身，「先進來吧。」

走進社辦，裡面除了子默學長之外，還有一位女生。

子默學長跟在我的後頭，徐徐介紹：「這位是流唱社的副社長，梁星辰，是大妳一屆的學姊。」

「妳好。」我禮貌性地頷首，並默默觀察對方。

星辰學姊的五官十分立體，且身材高挑、皮膚白皙，簡直就是個模特兒潛力股。

只可惜，在她的臉上見不到半分笑容，彷彿一朵高嶺之花，只可遠觀。

面對我的招呼，星辰學姊沒有答聲，僅是點頭。

相較之下，子默學長顯得熱情許多，兩人的個性形成強烈對比。

子默學長這時朝我走來，並遞給我一杯咖啡，「不過，妳怎麼會突然想參加社團活動？明明以前都興致缺缺。」

聞言，我頓時有些尷尬，「抱歉……有我這種社員你們一定很頭痛。」

子默學長卻是大笑，「不會啊，雖然沒參加社團活動是有點可惜，但因為妳都有繳社費，就預算層面來看可以減少一人的支出，其實還挺划算的。」

聽到他的回答，我先是微愣，隨後失笑。

能這麼坦然說出真心話的社長，子默學長倒是頭一個。

一旁的星辰學姊則是瞪了子默學長一眼，然後回歸正題，「——所以，促使妳正式加入流唱社的動機是什麼？」

望著眼前的兩人，我抿抿唇，徐徐開口：「——是暑假的音樂祭。」

回想起音樂祭的表演畫面，我頓時感到熱血沸騰。

「尤其是今年的壓軸表演，我很喜歡！」我睜亮眼眸，由衷地讚嘆：「真的讓人非常感動！」

大概是沒料到我的反應會如此激動，子默學長跟星辰學姊的表情明顯一愣。

音樂祭每年固定在暑假舉行，主要是由流唱社、吉他社、鋼琴社及熱音社負責。除了各自的演出之外，其中最令人期待的，莫過於活動的重頭戲——壓軸表演。

所謂的壓軸表演，便是從各社選出一名成員，組成樂團並在音樂祭的最後登台演出。為了表示公平，這些成員通常是由四個社團共同選出，而非自行推派。

——而流唱社的代表，即是樂團的主唱。

沉寂良久，子默學長皺起眉，用著不確定的語氣問：「……難不成……妳想成為主唱？」

我急忙澄清：「沒有沒有，我只是單純地想參加音樂祭，成為工作人員，主唱什麼的根本不敢奢想！」

「是嗎？」子默學長揚起唇角，不再深問，「總而言之，妳的意思我明白了，那就一起為明年的音樂祭加油吧！」

「那正式入社的事……」

他加深笑容，恍若春日裡的陽光般，明亮燦爛，「妳早就是我們的一員了啊！」

子默學長的語氣是那麼的理所當然。

我先是怔了怔，接著莞爾。

「謝謝學長！」我朝子默學長跟星辰學姊鞠了個躬，然後揮手道別，「那我先走了。」

子默學長跟著揮手，星辰學姊則是點了點頭。

踏出社辦的那刻，我忍不住回首覷了一眼。

儘管不是很明顯，但我依舊注意到星辰學姊的視線，一直到我離開的前一刻都停留在我的身上，沒有移開。

就這麼定格住。

＊＊＊

耳邊迴盪著教授的講課聲。

我漫不經心地看著投影片內容，注意力則是集中在左後方的季晗身上。

這陣子，季晗總是坐在離教室後門最近的位置，每次下課，他便溜煙似地離開教室，不見蹤影，直到上課鐘響才又回到座位。

儘管沒有直接的證據，但我覺得季晗是在迴避我，刻意不給我交談的機會。

思及此，我用手肘推了一下隔壁的琬茵，低聲道：「待會下課妳先走。」

琬茵面露疑惑，「為什麼？」

「我要去堵人。」

距離下課還有十五分鐘。

於是我拿起手機，朝後門走去，假裝要去廁所。

期間，季晗用眼角餘光睨了我兩眼，被我察覺。

強忍笑意，我故作不知情地離開，實際上卻是一直站在教室門外。

十五分鐘過去，鐘聲響起，裡面隱約傳來教授宣布下課的聲音。

如我所料，後門很快地被人給打開，映入眼簾的不是別人——正是季晗。

原本面無表情的他，在視線交會的那刻倏地瞪圓眼眸。

滿滿的震驚跟錯愕在季晗的臉上顯露無遺。

我情不自禁地揚起笑容，笑得得意，「你現在有兩個選擇，一是把我敲昏，然後離開；二是跟我一起吃晚餐。」

斂起驚愕，他不冷不熱地回了句：「妳這是拐彎抹角地在約我吃飯嗎？」

聞言，我感覺耳根霍然一熱。

恍若盛夏裡，被豔陽曬過的石子般，滾燙灼熱。

別開目光，我結巴地反駁：「才、才沒有！我只是有些話想當面問你罷了。」

「那也不用特別堵我吧？」

「還不是你躲我躲得這麼明顯，不然我也不會這麼做。」我忍不住抱怨。

這一次，換他別開目光，「我才沒有躲。」

我挑了挑眉，擺明不相信，「既然沒有，那你為什麼不敢正眼直視我？」

季晗先是沉默兩秒，然後回道：「眼睛痠，活動一下眼球。」

聽到這個理由，我頓時無言以對。

於是我決定繞回原來的話題，「——所以，你想好要選哪一個了嗎？」

他的眼底倏地浮現一絲無奈，「怎麼看我都只有一個選項可以選。」

揚起唇角，我滿意地笑了，「那你在這裡等我，我先進去收東西。」

他沒有答聲，僅是頷首。

擦身而過的瞬間，季晗的聲音從後方傳來——

「妳就不怕我趁機跑走嗎？」

原本正在前行的步伐倏地一滯。

停下腳步，我轉過頭對上季晗的視線，然後笑了，「大不了我就再堵你第二次、第三次，即使你停修，我還是可以去物理系館找你。」

聽到我的回答，他的表情再度蒙上一層無奈。

輕倚在牆邊，季晗淡然道：「妳進去收東西吧，我在這裡等。」

我忍不住調侃：「確定不會開溜？」

「溜了也沒用，最後妳還是找得到我。」

聞言，我不禁莞爾。

收拾好東西後，在眾人詫異的目光下，我跟季晗一同離開了教室。

＊＊＊

餐廳裡充斥著喧嘩聲和嬉笑聲。

望著季晗緊皺的眉頭，我忍不住問：「怎麼了？身體不舒服嗎？」

「……也不是。」環顧周圍，遲疑片刻，他接著道：「妳平常都在這種環境下用餐嗎？」

聽到季晗的疑問，我先是微愣，隨後恍然大悟，「你覺得太吵嗎？」

他沒有回答，既沒有承認亦沒有否認。

但我從他的沉默中得到了答案。

面對季晗的反應，我不禁感到好奇，「你平時都不在餐廳吃飯嗎？」

「都在研究室或外宿。」

「那……除了吃飯之外你還會做其他事情嗎？」我舉例，「像是看影片、聽歌？」

季晗思忖一會兒，徐徐回道：「大部分都是看論文居多，偶爾會看一下新聞，了解時事。」

聞言，我頓時感到驚愕。

學霸……果然是學霸。

不愧是我們的季高材生，簡直就是當教授的料。

我忍不住撫額，「吃飯配論文，換作是我大概會消化不良。」

「是嗎？」季學霸的表情顯然無法理解。

我果斷放棄溝通，並另闢新的話題：「話說回來，之前你在課堂上說的那些話是什麼意思？」

他怔了怔。

見季晗不語，我又問：「還有，什麼叫我居然還活著？難道我會有什麼意外？」

語落的那刻，季晗的眼底驟然浮現幾分掙扎。

他沒有說話，目光卻緊鎖在我身上，沒有移開。

隨著氣氛陷入沉默，耳邊的喧嘩聲顯得格外清晰。

周遭喧鬧的氛圍，與我們這桌形成強烈的對比。

良久，季晗斂下眼，悠悠地問了句：「——妳相信穿越時空嗎？」

被季晗沒來由的這麼一問，我不禁怔住，「為什麼突然這麼問？」

「我想先聽妳的答案。」

思索片刻，儘管納悶，我還是回答了他的問題：「算相信吧，雖然穿越時空違背時間悖論，但我接受平行時空的說法，而且我不喜歡把事情說得太過絕對，所以關於穿越時空這件事，我還是相信的，但持保留態度。」

聽完我的回覆，季晗理解地頷首，臉上的躊躇卻驀地多了幾分。

他仔細凝視著我，眉眼間透著掙扎。

「那……」半晌，他終於開口，語氣盡是濃濃的猶豫，「——如果我說，我來自未來，妳相信嗎？」

聞言，我瞬間愣住。

腦海彷彿一張白紙，一片慘白。

我先是錯愕地望著他，隨後失笑，「季晗，你是不是讀書讀太累，還是壓力太大，出現幻覺？」

相較於我的反應，季晗顯得無比嚴肅。

「這不是幻覺，也不是開玩笑。」他神情凜然，並加重語調：「——我是認真的。」

我沒有答聲，而是皺起眉頭，狐疑地看著季晗。

「我也知道這種話說出來沒人會相信，所以一開始在課堂上才選擇不解釋。」他的表情盡是無奈，一點也不像是在說謊，「若不是妳執意問起，甚至跑來堵我，我根本沒打算跟任何人提起這件事。」

斂下眼，季晗低喃：「畢竟說出來也只會像現在這樣，被當成胡言亂語。」

看到季晗頹喪的表情，我努力整理思緒，試圖相信他，「……好，既然你說你來自未來，那是從什麼時候？多久以後？」

「一年後。」他不假思索地回。

我更疑惑了，「那原本的你去哪了？」

語落的剎那，季晗忽然沉默。

沉思許久，他擰起眉，面露困惑，「這個問題我也曾經想過，但我不知道。」

我不禁感到荒謬，「這也太不合常理了吧？」

「光是我回到一年前這件事的本身就已經夠不合常理了。」季晗眉頭深鎖，「我到現在依然想不透，為什麼會發生這種事。」

「那你能回去嗎？」

「不曉得。」他按了按眉心，神色凝重，「但首先，我認為我必須找出回到過去的原因。」

「或許只是陰錯陽差？」

季晗顯然不認同我的說法，「我相信每件事的發生都有它的理由。」

望著季晗堅定的眼眸，我不禁沉默。

正好這時服務生送上餐點，看著接過餐盤的季晗，腦袋乍然浮現課堂上他面露震驚的畫面。

「……舒毓琦？」

「……舒毓琦居然還活著……」

想到這裡，我感覺心臟猛烈地顫動著。

從內心深處湧現的巨大不安，恍若深不見底的黑洞，將我吞噬殆盡。

捏緊衣角，我忐忑地看著季晗，緩緩開口：「所以，一年後的我……」

我感覺自己的聲音劇烈顫抖著。

躊躇幾秒，儘管難以置信，我依舊道出心中的困惑：「……死……了嗎？」

語落的瞬間，季晗的身體倏地一僵。

原本正在捲麵的手則是停在半空中。

他擰起眉，半晌，這才慢慢答道：「也不是死，但幾乎遊走在生死邊緣。」

我微愣，「什麼意思？」

「在我穿越前的舒毓琦，原本躺在醫院的加護病房裡，陷入昏迷，情況非常不樂觀。」

我猛然一驚，不敢置信地看著季晗，「……我、我是出了什麼意外嗎？」

聽到我的疑問，季晗的表情明顯一愣。

他先是遲疑了一會兒，然後回道：「那不是意外——」

停頓兩秒，季晗幽幽地道出真相——

「是自殺。」

聞言，我渾身一震。

腦袋驟然響起轟隆巨響，恍若雷聲般，震耳欲聾。

雷聲之後，便是滂沱大雨。

雨水沖散了我的理智跟思緒，宛如鬆動的泥土般，不停地被消磨——

最終崩塌。

我瞪圓眼眸，驚愕地望著季晗。

腦裡迴盪的，盡是方才那句話——

是自殺。

……我？自殺？

怎麼會？

我木然地對上他的視線，用著顫抖的聲音道：「……這怎麼可能……我沒理由自殺啊……」

面對我的反應，季晗的眉頭皺得更緊了。

他先是低頭沉思，然後推測：「看樣子，應該是這一年間發生了什麼轉變，讓原本無心自殺的妳有了輕生的念頭。」

「那我是……怎麼自殺的？」我感覺自己的聲音有些沙啞，「……在哪裡？」

「綜合館的頂樓——」他放慢語速，字字說得極其緩慢，「跳樓自殺。」

語落的瞬間，我再度怔住。

時間恍若靜止般，忘了流動。

短短幾秒鐘的時間，卻宛如好幾世紀般那麼的漫長。

周圍的空氣彷彿在一刻變得極為稀薄，讓人難以呼吸。

我感覺腦袋霎時一片空白，無法思考。

不是系館？

——而是綜合館？

聽到季晗的回答，我不禁攥緊拳頭。

原以為我是因為課業壓力才選擇自殺，然而輕生的地點卻出乎我意料之外。

綜合館……

那是大部分社團的所在大樓。

「看樣子，應該是這一年間發生了什麼轉變，讓原本無心自殺的妳有了輕生的念頭。」

腦海裡乍然浮現季晗方才說過的話。

我先是微愣，隨後皺起眉頭。

難道是——

「舒毓琦。」耳邊突然響起季晗的聲音，打斷正在思忖的我，他道：「雖然這只是我的猜測，沒有證據，但我認為，我之所以回到過去——原因應該就是妳。」

「……怎麼說？」我怔了怔。

他徐徐解釋：「妳知道嗎？在我穿越的前兩天，正好是妳墜樓的日子；而穿越後的隔兩天，我便在課堂上遇見妳。」

沉默幾秒，季晗揚起唇角，似笑非笑，「——妳說，這個時間點巧不巧？」

聞言，我不禁感到錯愕。

震驚的情緒恍若漫天巨浪，鋪天蓋地席捲而來，將我淹沒。

抿抿唇，我感覺渾身都在顫抖。

相較於我驚愕的反應，季晗倒顯得相當鎮定。

他淡然地望著我，隨後道：「放心吧，我會救妳，這不僅是在幫妳，也是在幫我自己。」

儘管季晗在說這句話時毫無表情，卻讓人寬心不少。

深邃的眼眸裡，閃爍著堅定的信念。

恍若黑夜裡的繁星般，熠熠生輝。

***

悠揚的歌聲在練習室裡迴盪。

星辰學姊站在教室的最前方，演唱李佳薇的〈像天堂的懸崖〉，子默學長則是在一旁負責吉他伴奏。

在場的人無不屏息凝神地聆聽，個個沉浸在學姊婉轉動人的歌聲之中。

半晌，曲目結束，台下的掌聲如雷貫耳，響徹整間練習室。

星辰學姊先是朝觀眾鞠躬致謝，然後退到旁邊，將主舞台讓給了子默學長。

這是我入社以來第一次參加社課。

前幾週因為有不少大一新社員加入，社課內容主要都是相見歡跟認識彼此，而這週的社課正好是教唱。

我不禁感到慶幸，慶幸自己沒有錯過最重要的環節。

在舊社員的慫恿下，作為開場白，星辰學姊獻唱了一首歌，順利炒熱氣氛。

接過麥克風，子默學長揚起唇角，笑得燦爛，「聽完我們副社長美妙的歌聲後，感覺如何啊？想不想變得跟她一樣？」

眾人們紛紛頷首，熱烈地回應：「想！」

子默學長倏地加深笑容，隨後將視線移到右方一名男子身上，提高音量，「想要精進自己的歌唱實力，首先必需要有一位好的指導者——今天，我們很榮幸邀請到我們的社團顧問——Jason老師，來為大家演講！」

說完，在眾人的鼓掌歡迎下，那名男子徐徐走到子默學長旁。

停頓片刻，子默學長繼續介紹：「Jason老師在歌唱教學這塊已經深耕多年，擁有非常豐富的指導經驗，我們流唱社的主力——星辰副社長，也是在Jason老師悉心調教下，才有今日優異的唱功跟表現！」

聞言，我頓時睜亮眼眸，興致勃勃地望著那名男子。

兩小時的社課時間，Jason老師分享了許多唱歌技巧，以及平時容易疏忽的細節。

他的演講不僅內容紮實，風格更是幽默逗趣，深得大家喜愛。

課程的最後，Jason老師環視台下的聽眾，笑臉盈盈地問：「好了——前面都是我在說，現在該換你們表現一下了吧？有沒有哪個同學自願上台，唱一段讓老師評評？」

語落的瞬間，台下一片靜默。

在場的人面面相覷，沒有人舉手。

正好這時我的視線與Jason老師對上，四目交會的那刻，我感覺呼吸驀地一滯，心臟則是猛然顫動了一下。

還來不及閃躲，對方的聲音便傳進耳裡——

「——那位同學。」眾人的注意力在這一剎，順著Jason老師的目光聚焦在我身上。

我自知躲不了，於是抬起頭，迎上他的視線。

「別害羞，上來唱一段，好嗎？」Jason老師語調輕快，眼裡盡是鼓勵。

躊躇片刻，儘管內心有許多掙扎跟難為情，最終我還是邁開步伐，踏上舞台。

「很好！我喜歡妳的勇敢。」Jason老師的眼底盛滿了笑意，他親切地望著我，問：「妳叫什麼名字呢？」

「……舒毓琦。」

「毓琦……」他喃喃重複，然後理解地頷首，「毓琦，今天想唱什麼？」

思忖幾秒，我回道：「田馥甄的〈你就不要想起我〉。」

聽到我的回答，Jason老師的眼眸頓時一亮。

但他並沒有多說什麼，而是上網搜尋這首歌的吉他譜，隨後交給了子默學長。

隨著前奏響起，我感覺胃瞬間翻騰了一下。

緊張的情緒自心底油然而生，恍若火苗，迅速竄起，然後蔓延……

抿抿唇，我深吸了口氣，試圖穩住這份忐忑。

當主歌第一個音落下的剎那，我闔上眼，緩緩啟唇——

那一刻，原先籠罩在內心的巨大不安，倏地煙消雲散。

再次睜開眼時，所有人都消失了。

眼前的世界就只剩下我，跟吉他的旋律……

唱完最後一個音，我木然地望著遠方，目光縹緲。
四周一片沉寂，台下悄然無聲。
我猛然回過神，在意識到觀眾的反應後，我不禁感到羞窘。
沒有回應、沒有掌聲，徒有一片死寂。
周圍的空氣在這一刻忽然沉重起來。
彷彿鉛石，沉沉地壓在我身上，壓得我快要喘不過氣，近乎窒息。
我感覺自己的心跳聲愈來愈大，從耳根傳來的燥熱，使我不自覺捏緊衣角。
抿了抿唇，正當我倉皇地想要跑下舞台，踏出步伐的瞬間——
突然，耳邊響起熱烈的掌聲！
恍若雷聲般，震耳欲聾。
我驚愕地望著眼前的景象，震驚的情緒佔據我的理智，使我失去了思考。
還沒來得及釐清狀況，Jason老師便朝我徐徐走來。
他的唇角噙著滿滿的笑意，眼神盡是讚許，「表現得很好呢！毓琦。」
我怔然地看著他，不確定地問：「……我？」
「是啊！我很喜歡妳的唱法，情感非常飽滿。」他形容：「彷彿傾注所有的心思，用歌聲訴說著自己的親身經歷，引人共鳴。」
聽到Jason老師的讚揚，我再度一愣，不敢置信。
「我還以為……大家不喜歡我的表演……」
「怎麼會？剛才那麼熱烈的掌聲，難道妳沒聽見嗎？」Jason老師先是訝異地皺起眉，隨後轉過身，朝觀眾席問：「你們呢？喜歡毓琦剛剛的表演嗎？」

面對Jason老師的疑問，台下齊聲回應：「——喜歡！」

Jason老師沒有說話，僅是莞爾，並望向我。

這一刻，我頓時明白，眾人的掌聲、Jason老師的稱讚，每一樣都是他們對我的正面評價。

那並不是錯覺，而是最真實的回應。

思及此，我不禁揚起唇角，感激地道謝。

「雖然唱功還有待磨練，台風也稍嫌稚嫩，還有許多問題需要解決，但——」Jason老師仔細凝視著我，語氣真切，「毓琦，妳的歌聲情緒渲染力非常強，現在的妳無疑是一顆原石，等待打磨。我相信只要好好訓練，終有一日，妳一定能成為璀璨的鑽石！」

Jason老師將視線朝星辰學姊移去，接著道：「雖然演唱風格不同，但妳跟星辰都是非常具有特色跟魅力的歌手，加油，我很期待妳！」

語落的瞬間，我注意到星辰學姊的眼眸微微一瞠，但隨即又恢復成原樣。

回到座位，Jason老師將今日的課程做了整理，然後道：「好，今天的教唱就到這裡結束，謝謝大家，也謝謝毓琦最後為我們帶來的精彩表演，我們下週見！」

說完，他將目光投向我，給予肯定的笑容。

我則是赧然一笑，難為情地低下頭。

Jason老師離開後，子默學長簡單地說了幾句話收尾，便宣布解散。

收拾好物品，拎起背包，我朝練習室的前門走去。

正當我即將抵達前門時——

忽然，一道身影冷不防出現在面前，擋住我的去路。

我愣然地抬起頭，迎上那人的視線。

對方是我曾未見過的女生，陌生的面孔使我不禁擰起眉，納悶地問：「有什麼事嗎？」

「妳是新生？」

「不是，我入社一年了。」我澄清。

她的眉頭皺得更緊了，「為什麼我沒看過妳？」

「以前的我只借用練習室，沒參加過社團活動。」

聽完我的解釋，她忍不住咕噥：「那回來參加做什麼……」

我沒有說話，僅是安靜地看著她。

見我沉默，那女生再度出聲，眼底盡是輕蔑，「我告訴妳，別以為Jason老師誇妳幾句就覺得自己有多了不起，更別以為自己真能變得跟星辰學姊一樣，Jason老師說的不過是客套話，妳跟星辰學姊的差距可遠著！」

望著對方鄙視的神情，我淡然地回：「我沒有這麼想。」

「沒有？」她仰頭大笑，表情顯然不相信，「Jason老師誇獎妳的時候，妳分明一臉得意，還敢說沒有？」

我不想繼續跟她爭辯，於是邁開步伐，「借過。」

「怎麼？心虛了？」她硬是用身體擋住前門，不讓我離開。

我瞬間感到無奈，「隨便妳怎麼想，沒有的事就是沒有。」

聽到我的回答，那女生的神情倏地一變，「妳根本就是心──」

她的話還沒說完，一道冷聲忽然從身後傳來──

「亭君，別說了。」

訓聲戛然而止，那女生愣然地回眸。

我亦跟著扭頭，對上那人的視線──

是星辰學姊！

「星──」那位名叫亭君的女生先是怔了怔，隨後憤然地瞪向我，「可是她……」

「──我說，別說了。」星辰學姊用著不容反抗的語氣命令道，聲線要比方才冷了幾分。

那女生欲言又止地望著星辰學姊，躊躇幾秒，最終還是作罷。

「沒想到連星辰學姊都這麼袒護妳！」她咬牙切齒地瞪著我，「舒毓琦，算妳走運！」

說完，懷著滿腔盛怒，那女生頭也不回地離開。

看著對方逐漸遠去的背影，星辰學姊突然出聲：「抱歉，亭君她不是有意的。」

我頓時微愣，不明所以，「為什麼學姊要道歉？」

學姊這時擰起眉，正想解釋：「因為亭君──」

然而，她的話才說到一半，便被迎面走來的子默學長給接了下去：「──因為亭君是星辰的直屬學妹，星辰認為她有義務替她道歉。」

聞言，我不禁怔住。

直屬學妹？

「自從亭君加入流唱社後，便成為星辰的粉絲。由於亭君太過崇拜星辰，以至於她無法接受其他人跟星辰相提並論，才引發剛才的衝突。」子默學長徐徐解釋，然後愧疚地望著我，「抱歉，身為社長，我應該及早出面制止，但我剛剛在處理事情，所以沒有發現，真的很抱歉……」

子默學長眼底布滿歉意，語氣盡是自責。

我忍不住莞爾，安慰道：「沒事，這不是子默學長的錯，也不是星辰學姊的錯。」

「可是……」

加重語調，我輕笑，「——我真的沒事。」

子默學長先是慚愧地望著我，隨後揚起唇角，另闢新的話題：「話說回來，能得到Jason老師的稱讚真的不簡單喔！恭喜妳，毓琦！」

我頓時赧然，慌忙反駁：「沒有沒有！那不過是Jason老師為了鼓勵其他人上台而說的客套話罷了，因為我是第一個，所以才特別誇獎幾句。」

「怎麼？妳真的相信蕭亭君說的那些話？」子默學長失笑。

我沒有回答，而是抿了抿唇。

片刻，我沮喪地回：「雖然蕭亭君的態度有問題，說的話卻並非沒有道理，我的確沒有Jason老師誇得那麼好，歌聲也很普通，更遑論與星辰學姊相提並論……我——」

「別妄自菲薄了。」星辰學姊突然出聲，打斷正在說話的我，「舒毓琦，謙虛固然是種美德，但過度謙虛並不是件好事，既然Jason老師稱讚了妳，就表示妳確實有那個實力。妳就大方接受，很困難嗎？」

聽到星辰學姊的訓斥，我先是微愣，隨後如夢初醒地點頭。

跟學姊冷若冰霜的臉龐相反，她的話恍若冬日裡的陽光，照進我嚴寒的世界……
揚起唇角，我滿懷感激地道謝：「謝謝學姊，我了解了！」
星辰學姊沒有說話，僅是頷首。
望著學姊的側臉，腦海裡迴盪著方才的話，我忍不住輕哂。
或許……學姊也沒有想像中那麼難相處。

＊＊＊

咖啡廳裡播放著輕柔的鋼琴音樂。
坐在對面的琬茵瞪圓眼眸，一臉震驚。
社課結束後隔天，我將蕭亭君的事告訴了她。
聽完事情經過的琬茵則是皺起眉，氣憤難平，「什麼？她真的這麼說？這女的簡直有病！」
隨著琬茵脫口的瞬間，無奈的情緒恍若一股暗湧，從心底一擁而上。
望著眼前的餐點，我忽然沒了食慾。
琬茵依舊不悅，「依我看，那個蕭亭君分明就是嫉妒妳！什麼粉絲、什麼崇拜，都不過是藉口。」
相較於沉默的我，琬茵的反應顯得激動許多。
明明不是當事人，卻比當事人還憤怒。

對此，我忍不住笑了。

「妳笑什麼？」琬茵擰起眉頭，神情困惑。

止不住的笑意自唇角蔓延而開，我笑道：「不是……我沒想到妳比我還生氣……」

聽到我的解釋，琬茵氣得別開眼，「舒毓琦，我是在替妳打抱不平耶！妳居然還笑得這麼開心！」

「抱歉抱歉，是我不好，都是我的錯。」我趕緊拉起琬茵的手賠不是，極力安撫，「不愧是我最好的朋友，只有妳替我說話！」

琬茵先是用眼角餘光睨了我一眼，半晌，這才消氣回頭。

「算了，不談那個神經病。」她揚起唇角，眼帶笑意地開啟新話題：「話說回來，妳跟季晗最近如何？」

我頓時微愣，不明所以，「為什麼突然提起季晗？」

琬茵瞬間瞪圓杏眼，不敢置信，「你們這陣子該不會都沒聯絡吧？」

「我們沒事聯絡幹麼？」我皺起眉頭，納悶地反問。

琬茵一臉恨鐵不成鋼，「虧我還忍了兩個禮拜不敢問進度，就是怕壞了好事，沒想到妳這麼不爭氣，太讓我失望了。」

「……等等，我怎麼聽不懂妳在說什麼？」我一頭霧水，愈聽愈糊塗。

琬茵這時蹙緊眉頭，用著不確定的語氣問：「……妳不是對季晗有好感嗎？」

聽到琬茵無稽的猜想，我倏地一怔，隨後失笑。

「誰告訴妳的？」

「……我自己猜的。」她悶悶地問：「難道不是嗎？」

「當然不是！」我笑得樂開懷，「我跟季晗？算了吧，那個木頭理工男，他的腦裡大概只有物理，壓根兒沒有半點戀愛，即便我真的喜歡他，注定也是個小三。」

琬茵先是沉默，接著又問：「可是……那天妳讓我先走，不就是為了約季晗吃飯嗎？」

「是啊。」我大方承認，「那是因為我想問他，之前課堂上那些莫名其妙的言論是怎麼回事。」

「那他怎麼回答？」

語落的瞬間，腦袋乍然浮現季晗說他來自未來的事。

望著琬茵好奇的面孔，我頓時陷入掙扎。

先不論琬茵是否會相信這件事，或許季晗根本沒打算讓第三個人知曉。

躊躇幾秒，我抿了抿唇，並攥緊拳頭。

為了避免引起不必要的麻煩，於是我胡亂尋了個理由，搪塞過去。

「喔……季晗說那天他睡昏了頭，也不知道自己在幹麼，要我別放在心上。」

琬茵忍不住莞爾，「妳看，我就說我們季學霸壓力太大，果然出狀況了！」

我沒有說話，僅是輕笑著附和。

之後，我跟琬茵叨叨絮絮地又聊了些日常瑣事。

瞥了眼螢幕上顯示的時間，我一面收拾東西，一面道：「我待會還有事，得先離開。」

琬茵則是皺起眉，困惑地問：「妳要幹麼？」

「寫作業。」

「作業？」聽到我的回答，琬茵的眉頭皺得更緊了，「我怎麼不記得這週有作業？」

「是啊，確實跟妳無關。」我加重語調，涼涼地回：「因為是普物。」

聞言，琬茵瞬間恍然大悟，隨後輕哂，「對耶，都忘了妳重修。」

「沒關係，也不是什麼光彩的事，不記得最好。」我自暴自棄地回。

琬茵忍不住奚落：「誰讓妳練唱練到忘記期末考，怨不了別人。」

聽到她的調侃，想起當時的糗事，我不禁感到羞窘。

「別提了，好丟臉。」我尷尬地別開眼，深覺無奈，「結果這學期重修剛好遇到大刀，有夠倒楣，每個禮拜都要交作業也就罷了，重點是題目還很難，我覺得我的腦細胞快負荷不了了……不然妳來幫幫我吧？我的好姊妹。」

面對我的請求，琬茵想都沒想，便直接拒絕，「別別別，那種東西我早就忘了，妳還是自立自強。」

「……沒良心的傢伙。」我咕噥。

琬茵先是歉然笑了笑，片刻，忽然睜亮眼眸，語帶興奮地提議：「對了，妳還有季晗啊！找他求救如何？」

「不了，我還是靠自己。」我不假思索地回絕。

「妳？」琬茵的眼底盡是懷疑，「算了吧，舒毓琦，我可不想明年又聽到妳嚷嚷重修普物。」

「妳這是在詛咒我嗎？」

「才不是。」她笑容可掬，「我這是相信妳的『實力』。」

我沒好氣地瞪了她一眼，隨後起身，「我要走了。」

無視琬茵在後頭嚷嚷，我邁開步伐，逕自離開。

然而腦裡迴盪的，卻是琬茵方才的提議。

＊＊＊

畫面停留在對話框，懸於半空中的手顯現出滿滿的掙扎。

躊躇許久，最終我還是用指腹輕觸了一下螢幕，按下送出鍵。

不出片刻，訊息便收到了回覆——

「怎麼了？」

看著螢幕上方跳出的訊息，點開對話框，我迅速敲下兩行字：「你現在有空嗎？我有問題想問你。」

「關於那件事嗎？」對方問。

我頓時哭笑不得，連忙澄清：「……不是，關於物理。」

「物理？」

「嗯，作業遇到瓶頸，想問你能不能幫忙。」

望著對話框上方的名字，我不禁感到無奈。

——我終究還是求助了季晗。

儘管就在不久前，我還志氣十足地拒絕了琬茵的提議。

然而當我回到外宿，寫了兩題作業後，便直接舉旗投降。

畫面定格在對方已讀許久，我皺起眉，思量著是不是打擾到季晗時——

他回覆了：「我怕用訊息講解不夠清楚，要不當面教妳吧？」

看到季晗的答覆，我倏地一驚，心臟則是劇烈顫動了一下。

耳根瞬間滾燙起來，恍若盛夏的豔陽，灼熱不已。

見我遲遲沒有回覆，季晗再次傳來訊息，關切地問：「還是妳不方便？」

我隨即否認：「沒有，我可以，只是要在哪裡教？」

「我外宿這邊有個公共空間，如何？」

我同意地敲下：「好。」

片刻，季晗捎來他的外宿位置。

循著他提供的地址，我騎著腳踏車前進。

沿途的風很涼，挾著幾分薄寒。

抵達目的地後，季晗的身影很快的便竄進我的視線。

佇立在騎樓下，皎潔的月光照亮了他的側臉，顯得格外耀眼。

注意到我的出現，季晗轉過身，指著騎樓前的空地道：「這邊可以停。」

我理解地頷首，並找了個空位將腳踏車停好。

「抱歉，這麼晚還打擾你。」

「沒事，我剛好有空。」他絲毫不介意。

在光線的反射下，我注意到季晗的髮尾似乎微濕。

於是我情不自禁地伸出手，一面想確認，一面開口：「你的頭髮是不是沒吹……」就在我即將碰觸到髮尾的剎那，季晗猝然退後一步，明顯閃躲。

沉默在空氣中橫亙而開。

尷尬的氣氛瀰漫了周圍，恍若一張無形的網，將我牢牢套住。

沉寂半晌，我抿了抿唇，語帶歉意道：「對不起，我——」

「——抱歉，嚇到妳了。」打斷正在說話的我，季晗突然出聲：「但我不喜歡別人碰我身體。」

聞言，我頓時感到慚愧，「不，該說抱歉的人是我！是我不好，以後我不會再犯了。」

季晗欲言又止地看著我。

僵持片刻，最終他還是選擇沉默。

之後我們來到這棟外宿的公共空間，在季晗的教導下，一道道物理難題隨之迎刃而解。

兩個小時過去，作業終於順利完成。

我感激涕零地道謝：「真的是太謝謝你了，季晗！」

他的唇角噙著一抹淺笑，「其實妳也不是不懂，只是很多東西都忘了。」

「謝謝季學霸幫我恢復記憶！」我笑得燦爛。

「不過，我看妳底子也不差，怎麼會被當？」季晗這時蹙起眉頭，一臉困惑。

聽到他的疑問，我瞬間羞窘起來，徐徐解釋：「那個……其實……去年期末考的時候，我正好在練唱室唱歌，結果唱得太投入，一時沒注意到時間，就連朋友打來的電話也沒察覺。等我回過神、趕到教室時，距離開始考試已經過了一小時，助教也不讓我考了，直接寫下缺席。」

說完，想起當時的場景，我真想鑽個洞跳下去。

了解事情的始末，季晗不禁失笑，「沒想到妳這麼喜歡唱歌。」

「與其說喜歡，倒不如說唱歌是我生活的一部分。」我加重語調，字字說得真切，「——不可或缺的一部分。」

停頓幾秒，我揚起唇角，「只有在唱歌的時候，我才能擺脫現實的一切，拋開壓力、拋開煩惱、拋開所有的不愉快，盡情地沉浸在歌聲當中。」

季晗忍不住打趣：「——結果連期末考也一併拋開了。」

聞言，我先是微愣，隨後輕哂，「想不到我們季學霸也會調侃人。」

他皺起眉頭，認真提問：「難道我看起來不像是會開玩笑？」

「嗯……」打量了一會兒，我頷首，「確實不像。」

季晗沒有答聲，眼底卻驟然浮現一絲納悶。

沒想到我們季學霸連這個都要認真。

——果然是季學霸。

想到這裡，我的嘴角不自覺失守。

沉寂半晌，季晗再次開起話題：「話說回來，原來我們學校有專門的練唱教室。」

我點頭附和：「是啊，這也是我當初加入流唱社的原因。」

「流唱社？」

「流行音樂歌唱社，簡稱流唱社。」我徐徐解釋，然後尷尬地笑了笑，「雖然我大一就入社了，但其實我從來沒參加過他們的社團活動，只有借用練唱教室，說起來，前天還是我第一次參加流唱社的社課呢！」

聞言，季晗擰起眉頭，「前天？」

「嗯，因為我想參加明年的音樂祭，於是我決定開始參與社團活動，不再當個幽靈社員。」

看著季晗困惑的臉龐，我簡單的向他介紹了音樂祭的背景及表演。

聽完我的敘述，季晗沒有說話，僅是理解地頷首。

然而我卻察覺到，他的神情乍然湧現幾分躊躇跟掙扎。

我雖然納悶，卻不好再多問什麼，只好將這份疑惑藏進心底。

之後，季晗陪我到外宿門口，目送我離開，「回去路上小心。」

「好。」我回了個單音，然後騎著腳踏車朝住處前進。

回程的風似乎又涼了些。

盤踞於腦海裡的，盡是方才季晗若有所思的表情。

抿了抿唇，我不自覺加重踩踏踏板的力道。

——而這份疑惑，很快的便在五天後得到答案。

＊＊＊

隔週社課，隨著一抹熟悉的身影落入視線，我猝然怔住。

周圍的空氣彷彿在這一刻變得極其稀薄，難以呼吸。

我瞪圓杏眼，不敢置信地看著眼前的人——是季晗！

「你、你怎麼會在這？」

相較於我的反應，季晗顯得極為淡定。

他用著毫無起伏的語調回：「我加入流唱社了。」

聞言，我再度愣住，「……怎麼這麼突然？」

「不是突然。」季晗反駁，澄清道：「這個決定我想了整整三天。」

我沒有說話，僅是錯愕地看著他。

震驚的情緒佔據我的思緒，使我無法思考。

半晌，待情緒稍微平復些後，我忍不住問：「你喜歡唱歌？」

「沒有。」他不假思索地回。

「難道……你其實很會唱歌？」

「沒有。」他依舊回得乾脆，「——實不相瞞，我是個音癡。」

聽到季晗的回答，我更加驚愕了。

既不是興趣，亦不是專長，那究竟是……

我皺起眉，認真沉思，季晗則是迎上我的目光，徐徐道出緣由：「——我是來找答案的。」

我愣怔地重複他的話：「……答案？」

「妳不是說，妳最近才開始參加流唱社的社團活動嗎？」季晗解釋：「根據之前的猜測，促使妳自殺的原因應該這一年間發生了什麼變化，於是我在想，這個答案……」

停頓幾秒，他放慢語速，字字說得緩慢：「——或許就在流唱社。」

語落的剎那，我感覺自己的心臟劇烈顫動了一下。

我木然地望著季晗，一時啞然。

我自殺的原因……跟流唱社有關？

「那我是……怎麼自殺的？……在哪裡？」

「綜合館的頂樓——跳樓自殺。」

腦海乍然浮現先前跟季晗在餐館談話的畫面。

胸口這時一陣悶緊。

不斷加快的心跳，恍若一匹脫韁野馬，逐漸失控……

抿了抿唇，我攥緊拳頭。

雖然這個可能性我不是沒有想過，但——

「這就是……你加入流唱社的原因？」我用著顫抖的聲音問，不敢置信，「單憑一個猜測，你就加入一個你不喜歡、也不擅長的社團？」

「放心吧，我會救妳。」

耳邊彷彿響起季晗當時的聲音。

我的心倏地一揪，一股愧疚感自心底悄然升起。

聽到我的疑問，季晗先是凝視著我，半晌，他斂下眼，「我說過，我幫妳也是在幫自己，所以妳不用有壓力。」

「可是……」

打斷我的話，季晗淺笑，「再說，我也沒有不喜歡唱歌，興趣是可以培養的。」

這一次，我沒有說話。

望著季晗認真的臉龐，沉默片刻，我不禁失笑。

初次遇見季晗時，總以為他性格冷淡、難以親近。

然而掩藏在這張表情之下的，卻是一顆溫柔的心。

想到這裡，我不自覺加深笑容。

Chapter 02

十二月，寒風刺骨，時序正值隆冬。

轉眼間，季晗加入流唱社已過三個月。

這三個月以來，每堂社課他都全程參與，不曾缺席。

社課結束後，我跟季晗慢步朝學校正門前進。

夜空如墨，繁星點綴天際，皎潔的月光灑落在靜謐的校園中。

牽著腳踏車，我率先開啟話題：「你真的要參加音樂祭？」

他不假思索地點頭，「嗯。」

「那你想好要加入哪個組別了嗎？」我又問。

季晗沒有回答，而是反問了我一句：「妳想好了嗎？」

這幾日，音樂祭開始招募工作人員。

招募組別分為公關組、設計組、活動組，以及宣傳企劃組。

面對季晗的疑問，思忖片刻，我語帶躊躇地回：「嗯……我可能會選宣傳企劃組吧，畢竟是自己喜歡的活動，自然想好好推廣出去。」

季晗了然地頷首，「是嗎？那我也選宣傳企劃組。」

聽到他的回答，我瞬間心驚，急忙喊了聲：「季——」

「別誤會。」打斷正要開口的我，季晗解釋：「我只是不曉得該選什麼組別好，才想說跟妳一樣。」

望著季晗，我沒有說話，心卻倏地一揪。

彷彿被針扎到般，有點刺、有點疼，隱隱作痛。

之後，我們又前行了一段路。

沿途很安靜，誰也沒有出聲。

耳邊徒有寒風猖狂的呼嘯，以及車輪轉動的聲響。

暗橙色的燈光斜映著街道，替清冷的夜增添幾抹明亮。

看著地上兩條被照得斜長的黑影，我忽然啟唇：「季晗。」

聽到我的聲音，季晗隨即停下腳步。

「有件事……我一直想問你。」

他回頭望向我，「什麼事？」

抿了抿唇，躊躇幾秒，最終我還是將內心的疑惑問出了口：「……在你原本的時空，我們認識嗎？」

大概是沒料到我會這麼問，季晗先是微愣，隨後回道：「不認識，但多少有點印象，畢竟修同一堂課。」

聞言，我皺起眉頭，狐疑地問：「既然不認識，那你是怎麼知道我自殺的事？」

語落的瞬間，我注意到季晗的眼底驟然浮現一絲驚愕。

滿滿的猶豫跟掙扎在他的臉上顯露無遺。

季晗的表情盡是為難，遲疑半晌，他問了句：「……妳真的想知道？」

那一剎，巨大的不安恍若一片濃霧，籠罩整顆心。

捏緊衣角，我感覺心臟跳動得劇烈。

明明是寒冬，掌心卻滲出涔涔汗水。

深吸了口氣，攥緊拳頭，我抬頭迎上他的目光，堅定地點頭，「對。」

聽到我的答案，季晗驀地一怔，神色凝重。

良久，他蹙起眉頭，娓娓道來：「這件事在學校鬧得沸沸揚。起初，是幾個路過的學生意外撞見現場，後來有人將這件事公開到網路平台，消息便迅速傳開，弄得全校人盡皆知。就連平常不太注意這類網路訊息的我，都因此知曉了這件事。」

停頓幾秒，季晗接著道：「雖然那篇匿名文章後來被刪除了，然而事情早已在校園傳開，即使學校拚命壓消息，最終還是上了新聞。」

聽完季晗的敘述，我不禁怔住。

「……原因呢？」我感覺喉嚨發澀，連發出聲音都變得艱難，「有查到原因嗎？」

季晗搖頭，「自殺的原因還在調查，結果還沒查出來，我就穿越到了這裡。」

我沒有說話，腦袋卻是一片空白。

震驚的情緒佔據我的思緒，使我久久無法思考。

木然地牽著腳踏車，我魂不守舍地繼續前進。

腦海裡迴盪的，盡是季晗方才的話語。

時間不曉得過了多久，直到季晗的呼喚聲從後方傳來，這才將我猛然拉回現實。

「……琦！舒毓琦！」

我猝然一驚，隨即停下步伐，愣怔地回頭，「……怎麼了？」

他指著另個方向，「我的外宿在那邊，先走了。」

我呆愣地點頭，「……喔，好。」

正當我準備跨上腳踏車的剎那，季晗的聲音再度從身後傳來——

「舒毓琦！」北風模糊了他的聲音，儘管如此，我依舊努力地聽，「如果妳有什麼煩惱，或是遇到奇怪的事，都可以傳訊息給我！」

聞言，我的心猝然一震。

望著季晗離去的背影，我抿了抿唇，握著把手的力道不自覺加重了些。

他的話恍若一粒小石子，擲進湖中，在我心中引起陣陣漣漪……

＊＊＊

隨著學期進入尾聲，期末考將至，社課亦告一個段落。

子默學長佇立在教室的前方，提高音量，宣布道：「那麼，這學期的社課就到這裡結束！另外，請有意參加壓軸表演徵選的社員，務必在截止日前繳交報名表單，逾期將不受理。」

語畢，台下響起熱烈掌聲。

掌聲散去後，眾人紛紛移動腳步，各自離去。

我跟季晗則是一面收拾東西，一面閒話家常。

於此同時，Jason老師朝我們慢步走來。

「表現得很好喔，毓琦！」他眼帶笑意，溫柔地誇讚：「跟先前相比，最近呼吸的掌握度明顯熟練許多，要繼續保持。」

聞言，我睜亮眼眸，欣喜若狂地道謝：「謝謝老師！」

接著，Jason老師將目光移到季晗身上，笑容驀地深了幾分，「至於季晗，一開始的表現雖然不是很理想，但音拍跟音準的失誤率逐漸在下降，進步很多，要繼續加油！」

聽到Jason老師的讚揚，季晗僅是禮貌地頷首，眼底沒有半點波瀾，「謝謝老師。」

「期待你們之後的表現，寒假快樂！」說完，Jason老師莞爾，然後揮手道別。

待老師走遠後，我雀躍地望向季晗，話裡盡是掩藏不住的喜悅，「季晗，Jason老師誇獎我們耶！」

相較於我激動的反應，季晗顯得極為鎮定。

他面不改色地將水瓶塞進背包，回了句：「我好了。」

面對季晗淡然的態度，我不禁努嘴，嘟囔著：「好歹也開心一下嘛……」

就在此時，一道聲音冷不防從身後響起——

「不過就誇了幾句，居然高興成這樣，真容易滿足。」

對方的語氣充滿嘲弄。

回過頭，映入眼簾的，是張輕蔑的臉龐。

——是蕭亭君！

四目相接的那刻，我隨即別開眼，不願與她對視。

她卻涼涼地道了句：「怎麼？說不得？」

我沒有理會，而是加快收拾的速度，對著身旁的季晗道：「走了。」

正當我跟季晗準備邁開步伐的瞬間，蕭亭君卻早一步擋在面前，阻攔我們的去路。

我皺起眉，忍無可忍地開口：「蕭亭君，我不想跟妳吵。」

「可是我有話想問妳。」她揚起唇角，「舒毓琦，妳該不會想參加壓軸表演的徵選吧？」

沒料到她會這麼問，我先是微愣，隨後沉住氣，回著：「我沒義務告訴妳。」

「——妳果然要參加。」聽到我的回答，蕭亭君鄙夷地笑了，「壓軸表演的主唱？就憑妳？」

「機會人人都有，至於有沒有那個實力，評審自然會給出答案。」我不悅地反駁。

「妳根本沒那個資格！」蕭亭君倏地拔尖音調，刺耳的聲音引起周圍的注意。

季晗這時向前踏了一步，用著毫無起伏的語調道：「借過。」

原本氣勢洶洶的蕭亭君，表情猝然僵住，氣焰頓時沒了。

她氣憤地瞪了季晗一眼，隨後冷笑了聲，語帶諷刺：「我還想說是誰，原來是物理系鼎鼎有名的天才——季晗啊。其實說到底，不過是個音癡罷了。」

聞言，我忿忿不平地走上前，正想與蕭亭君理論。

然而季晗卻伸出手，將我攔在他身後。

他面無表情地看著蕭亭君，淡然道：「是啊，我唱歌不好，那妳呢？歌聲普通、個性差勁、頭腦也不怎麼好，真替妳的未來憂心。」

語落，蕭亭君嘴角的笑意瞬間凝結。

下一秒，她臉色陡然一轉，勃然大怒，「季晗，你——」

「好了好了，練習室不是拿來給你們吵架的地方。」子默學長這時朝我們走來，試圖勸和：「大家都是同個社團的成員，何必惡言相向呢？」

「這些話你應該對她說。」季晗的視線朝蕭亭君移去，眼眸倏地多了幾分嚴肅，「還有，這種情況已經不是第一次發生，身為社長，是不是應該負起責任，出面處理一下才是？」

面對季晗的質問，子默學長一時語塞，臉色僵硬。

氣氛頓時一陣尷尬。

察覺不對勁，我趕緊扯了扯季晗的衣角。

季晗卻不為所動，逕自說下去：「社長，我知道你有你的難處，或許你是不想破壞社團的和諧，但照目前這個情況下去，事情只會惡化，不會停止，更不會好轉。既然腐敗的膿瘡終究要去除，何不狠下心，即早處理？」

聽出季晗意有所指，一旁的蕭亭君立刻嚷嚷，「你說誰是膿瘡了？」

季晗淡淡瞥了她一眼，沒有回答，而是反問了句：「——妳說呢？」

「季晗，你別太過份！」蕭亭君氣急敗壞地喊著。

「是誰比較過分？」季晗依舊面無表情，目光卻多了分森冷。

蕭亭君瞬間安靜。

四周的空氣陷入一片死寂。

彷彿一灘靜止的死水，了無生意。

原本喧鬧吵雜的練習室，於此同時靜默下來。

沉重的氛圍恍若一塊鉛石，壓在心上，悶得難受。

子默學長凝視季晗許久，半晌，他緩緩開口：「亭君，等一下到社辦找我。」

「子——」

聞言，蕭亭君極欲出聲，卻被子默學長給硬生打斷。

「我再重複一次。」平時笑臉迎人的子默學長罕見動怒，冷若冰霜，「等一下到社辦找我。」

面對子默學長強硬的態度，蕭亭君不再多言。

臨走前，她憤然瞪了我跟季晗一眼，然後離開。

待蕭亭君離去後片刻，子默學長緊繃的臉龐這才慢慢舒緩。

他先是嘆了口氣，並用指腹按了按眉心，自責道：「抱歉，我知道我這個社長當得很軟弱，總想著以和為貴，卻忽略了被害者的感受。原以為亭君只是不滿毓琦的光芒蓋過星辰，想著時間久了或許她能看開，私底下也勸了好幾次，卻沒想到，亭君非但沒有收手，反倒變本加厲，愈來愈囂張……」

說到這裡，子默學長一臉沉痛，話裡充滿愧疚，「真的很抱歉，毓琦……是我不好，我的軟弱造成妳的傷害，身為社長，我真的很沒用……讓妳受委屈了，毓琦。」

聽到子默學長的道歉，我不禁心慌，連忙搖頭，「不是的，這不是子默學長的錯！要怪就怪蕭亭君，也怪我自己。面對蕭亭君的挑釁，好幾次我都選擇忽視、置之不理，原以為這麼做，蕭亭君便會自討沒趣，殊不知我的無所作為，反倒助長了她的惡行，讓她愈來愈囂張跋扈。」

子默學長先是露出一絲苦笑，接著輕拍我的頭，柔聲道：「總而言之，待會我會跟亭君說清楚，也會找星辰一併勸導，畢竟星辰是亭君仰慕的人，說出來的話自然比我有力許多。」

聞言，我不禁莞爾，滿懷感激地點頭，「謝謝學長！」

「這本來就是我該做的事。」他淺笑了笑，隨後望向季晗，「謝謝你，季晗，是你點醒了我應該負起的責任。」

「不會，我只是說了我認為應該說的話。」季晗神色淡然，「剛才的話如果有冒犯到社長，還請見諒。」

子默學長這時加深笑意，用手肘頂了一下季晗的手臂，調侃著：「唷，你這小子，還挺客氣的！沒事啦，社長下次請你喝飲料！」

儘管不是很明顯，但我依舊注意到，當子默學長觸碰到季晗的那一剎，季晗的身體微微向後傾了些。

子默學長似乎沒有察覺，而是笑盈盈地朝我們揮手道別。

夜幕低垂。

走出綜合館，周圍的景色一片漆黑。

烏雲遮蓋了皎潔的月光，使得夜空比往常要暗了幾分。

沿途寒風陣陣，肆意橫掃我的臉龐，極為猖狂。

搓著身子，前進的同時，我忍不住啟唇：「季晗。」

聽到我的聲音，季晗停下腳步，目光投向我。

「那個……」對上他的視線，我抿了抿唇，忽然有些難為情，「……謝謝你。」

明明眼下正值寒冬，我卻感覺耳根如同烈火燃燒般，滾燙不已。

從臉頰傳來的燥熱，使我不自覺拉了一下帽緣，將毛帽壓得更低些。

面對我的道謝，季晗的表情明顯一愣，接著皺起眉，疑惑地問了句：「謝什麼？」

「當然是謝謝你幫我說話啊！」我立刻解釋，然後低下頭，語氣挾著濃濃的愧疚，「還有……對不起，把你也牽扯進來，害你被蕭亭君嘲笑。」

相較於我的反應，季晗倒顯得無所謂。

他聳了聳肩，一臉不在乎，「沒事，反正我本來就是個音癡，蕭亭君說得也是事實。」

沒料到他會坦承得如此爽快，我先是錯愕，隨後失笑，「哪有人這樣說自己的。」

「是嗎？」季晗挑了挑眉，似乎不怎麼認同我的論點，「我覺得承認自己的缺點沒什麼不好，怕的是連自己的缺點都不敢面對。因為這代表你永遠不會前進，只會原地踏步。」

我贊同地頷首，「也是。」

之後，我們又前行了一段路。

望著季晗的側臉，我突然睜亮眼眸，語帶興奮地提議：「對了，季晗，我來教你唱歌吧？雖然我的閱歷跟實力遠遠不及Jason老師，可能無法給你精確的建議，但大方向應該沒問題！」

聞言，季晗的眼底閃過一絲驚訝，隨後點頭，「好啊，今天嗎？」

「當然不是！下下禮拜是期末考週耶！」說到這裡，我瞬間感到頭疼，「想到還有一堆書還沒念，就覺得好煩……」

「期末考加油。」季晗莞爾。

面對季晗的鼓勵，我努著嘴，悶悶地問了句：「你都不用準備嗎？」

「期末考不就是平常上課的內容嗎？」

「是、是沒錯啦……」被他這麼反問，我頓時語塞，片刻，這才結結巴巴地回：「可是……內容這麼多，總得複習一下吧？」

季晗神色不解，語氣理所當然，「不是都記在腦袋裡了嗎？」

聽到季晗的回答，我立刻舉旗投降，放棄溝通。

差點忘了，眼前這位可是物理系赫赫有名的季學霸。

學霸的思維果然與我們凡人不同。

隨著話題結束，空氣陷入一片寧靜。

覷了眼季晗，見他若有所思，我忍不住問：「怎麼了？有心事？」

他先是靜默一會兒，然後緩緩開口：「我在想，為什麼蕭亭君這麼針對妳。」

聽到季晗的疑惑，我嘆了口氣，語氣盡是滿滿的無奈，「誰曉得呢？或許我們天生就是不對盤。」

季晗卻是搖了搖頭，並道出自己的猜測：「——因為妳奪走了副社長的光彩。」

聞言，我猝然一愣，不明所以，「星辰學姊？」

季晗輕輕頷首，接著斂下眼，徐徐解釋：「舒毓琦，妳能明白那種心情嗎？因為自身實力不足、才華不夠，於是將所有的希望跟期盼傾注在另個人身上，當對方有所成就、獲得掌聲跟稱讚時，她便覺得與有榮焉——對蕭亭君而言，副社長正是她的寄託、她的驕傲，只要副社長愈是耀眼，她愈是滿足。」

我蹙起眉，無法理解，「可是……那些掌聲終究不屬於她不是嗎？」

「妳說得沒錯，但至少這種寄託能讓蕭亭君得到以往不曾感受過的驕傲。」停頓幾秒，季晗繼續道：「然而，自從妳出現、被Jason老師誇獎之後，副社長的光彩便減少了，其他社員開始關注妳，使得副社長不再是那顆最耀眼奪目的星，這讓一直視副社長為寄託的蕭亭君備受打擊。我想，這大概就是她之所以這麼針對妳、也這麼介意妳跟副社長相提並論的原因。」

我沒有說話，而是愕然地看著季晗。

一股複雜的情感自心底一擁而上，迅速蔓延，佔據我的思緒。

見我久久不語，季晗再次開口，語帶安慰：「妳別太在意，這是蕭亭君自身的問題，妳唯一能做的，就是做好妳份內的事，做好妳自己。」

我怔然地迎上季晗的目光。

望著季晗微揚的唇角，我不禁莞爾。

「謝謝你，季晗。」

「這沒什麼好謝的，我只是實話實說。」

我忍不住調侃：「話說回來，難得我們季學霸能理解凡人的心情，真欣慰。」

季晗則是皺起眉，一臉納悶，「什麼？」

「沒事、沒事。」我加深笑意，繼續往前走。

風裡除了寒意，還摻雜了些許笑聲。

原本密布於夜空的烏雲這時逐漸散去，輕柔的月光流瀉而出。

彷彿此刻我的心情般，明亮燦爛。

＊＊＊

坐在書桌前，視線緊盯著電腦螢幕，我點開資料夾，仔細瀏覽著裡面的錄音檔。

打開其中一個音檔，正當我聚精會神聆聽時——

忽然，一道聲音冷不防從身後傳來。

「在幹麼？」

隨著話語落入耳裡的瞬間，我猝然一驚，心臟則是劇烈顫動了一下。

轉過頭，映入眼簾的，是琬茵好奇的臉龐。

四目相接的那刻，我如釋重負地鬆了口氣，「妳好歹也出個聲吧，嚇死我了。」

面對我的埋怨，琬茵顯得十分委屈，「我已經叫妳三遍了，三遍，可是妳都沒理我。」

當她提及次數時，還刻意加重語調，特別強調。

聞言，我先是微愣，愧疚一笑，「抱歉，我剛剛沒聽到，是我的錯。」

琬茵沒有答聲，而是扁了扁嘴，一副可憐兮兮。

升上大二後，我跟琬茵恰巧都沒有抽中宿舍，索性搬出來，同住在一間小套房。

儘管空間有些擁擠，慶幸的是，彼此的生活習慣相差不遠，摩擦甚少。

也因此，同居半年，兩人的感情跟大一時相比要親近許多。

住在外面，有個能相互照應的室友是件再幸運不過的事。

「所以妳在幹麼？」琬茵繞回原本的話題，一臉納悶。

「喔……我在選檔案。」順著琬茵的目光，我望向螢幕，徐徐解釋：「壓軸表演的報名表單裡，有一欄要我們繳交一段唱歌音檔，作為評論初選的依據，我想說選個表現好一點的上傳。」

「原來如此。」琬茵瞬間豁然開朗，接著又問：「報名截止日是什麼時候？」

聽到琬茵的疑問，我頓時心虛，隨後困窘一笑，怯怯地回：「……今天晚上十一點五十九分。」

「今天？」琬茵驀地拔高音調，不敢置信地重複，「舒毓琦，妳怎麼拖到最後一天才報名？要是來不及怎麼辦？妳不是很想參加壓軸表演嗎？」

面對琬茵的厲聲質問，我窘迫地搔了搔頭，「那個……前陣子忙著準備期末考嘛，原本想著禮拜四再來報名也不遲，畢竟表單內容我已經看過了，很簡單、一點也不複雜，結果上週有堂通識課臨時宣布延期，延到今天早上才考完，不得已，我只好現在才開始弄……」

我愈說愈憋屈。

抬眸悄悄覷了眼琬茵，發現她神情鄙夷，絲毫沒有半點憐憫。

「這不是藉口。」聽完我的理由，琬茵毫不留情地駁回，「話說回來，這種行事風格還真不像妳，妳可是為了唱歌都能把普物期末考給忘了的女人，怎麼突然這麼認真準備期末考？」

琬茵輕笑著調侃，我則是努了努嘴。

「別再提普物了……」想起當年的糗事，我隨即嘆了口氣，並用指腹輕按了按眉心，「就是有了去年慘痛的教訓，今年才更要好好準備，不再犯相同的錯誤。光是重修耗費掉的時間，就不曉得能練唱幾首歌呢！更遑論每週寫作業、準備期中期末投入的時間跟心力……」

「也是。」琬茵贊同地頷首，可眼神依舊不放心，又問了遍：「不過，妳真的來得及嗎？」

「應該沒問題，填個資料而已。」我語調輕快，接著將目光移回螢幕上，眉頭深鎖，「比較棘手的是，我不曉得該選哪個錄音檔交出去比較好……」

見我愁眉苦展，琬茵忍不住莞爾，「妳就閉著眼睛挑一個吧！以妳的實力，隨便選一個送出去都能通過初選。」

聞言，我連忙搖頭，頹喪著臉回：「妳也未免太看得起我，壓軸表演的徵選可是高手雲集，妳對我有信心，我對自己可沒自信。」

「妳啊，唱歌方面什麼都好，唯一的缺點就是太沒自信。」琬茵用食指戳了一下我的額頭，並加重語調。

我先是吃痛地摸著額頭，片刻，睜亮眼眸，興奮地拉住琬茵的手腕，「不然這樣，妳來幫我選吧？」

「我？」面對我的提議，琬茵瞬間瞪圓眼眸，不可思議地問：「妳確定？我根本聽不出差異，妳真的要讓我來選？」

「沒關係，妳就選妳聽起來最有感覺的一段就好。」

琬茵面有難色地看著我，躊躇幾秒，最終還是答應了我。

聽完資料夾裡的音檔，琬茵最後選了我在成發表演演唱的莫文蔚〈愛〉。

對此，我不禁感到好奇，「妳怎麼會想選這首？」

思索片刻，琬茵揚起唇角，「可能聽了特別揪心吧，妳很適合唱這類型的歌。」

聞言，我驀地一愣，隨後淺笑。

決定好繳交的檔案後，我興高彩烈地點開連結。

然而，映入眼簾的，卻是表單已關閉的畫面。

我先是微怔，接著按下重整鍵，但畫面依舊顯示表單已關閉。

這一刻，我忽然緊張起來，一股不祥的預感自心底油然而生。

抿了抿唇，我不死心地又按了遍重整鍵，結果毫無改變。

「怎麼了？」一旁的琬茵注意到我的不對勁，上前關切。

「報、報名表單……」我感覺心臟跳動得厲害，涔涔汗水自額頭滲出，「關起來了……」

「什麼意思？」琬茵皺起眉頭，一臉納悶地望向螢幕。

當她看見網頁畫面後，瞬間明白我的意思。

「怎麼會這樣？」琬茵眉頭深鎖，神情狐疑，「毓琦，妳是不是記錯截止日期了？」

「沒有，我真的記得是今天！」我信誓旦旦地回，隨後拿起手機。

點開社團群組，群組公告確實寫著報名截止日期為今天晚上十一點五十九分。

我隨即將手機螢幕轉向琬茵，「妳看，公告也這麼說！」

「那就奇怪了……」琬茵咕噥了聲，眉頭皺得更緊，「可能是系統出了問題，妳要不要問問看社長？」

面對琬茵的提議，我立刻頷首，並捎了則訊息給子默學長。

然而，十五分鐘過去，子默學長遲遲沒有已讀。

循著群組裡的聯絡資訊，我找到學長的電話，撥過去卻是無人接聽，接連幾通都是。

於是我改撥星辰學姊的電話，依舊毫無回應。

琬茵一臉焦急，「怎麼樣？有人接嗎？」

我抿唇搖頭，眼眶驟然湧現幾絲酸楚。

絕望的情緒恍若深不見底的黑洞，將我的理智吞噬殆盡。

攥緊拳頭，我不停責備自己不該拖到今天才處理這件事。

正當我覺得走到窮途末路時，琬茵的聲音再次從耳邊傳來——

「季晗呢？要不要問問看季晗？他不也是流唱社的嗎？」

「季晗？」我蹙起眉頭，不解地重複琬茵的話。

她睜亮眼眸，眼底彷彿映著光芒，「對啊！或許季晗有什麼辦法，試一下總比沒試好。」

聞言，我深覺有理，於是點開熟悉的對話欄，敲下一句：「你在嗎？」

訊息送出後不久，原本顯示一小時前上線的季晗，突然轉為綠燈。

經歷兩次受挫的我，對於季晗的出現感到激動不已。

恍若一片漆黑的深淵中，透出一絲細小的微光。

「怎麼了？」他回。

看到季晗的回覆，我感覺鼻頭一陣酸楚。

緊咬著下唇，強忍想哭的衝動，我迅速打著：「壓軸表演的報名表單，你能填資料嗎？」

季晗先是已讀，半晌，他回：「不行，我這邊顯示表單關起來了。」

原本正要打字的手指倏地一僵。

正當我思量著該如何是好時，季晗又傳來訊息：「妳還沒報名？」

「還沒，前些日子在忙期末考，今天才考完。」我解釋，接著敲下：「原本想著下午來報名，卻發現表單被鎖起來，我已經傳了訊息給子默學長和星辰學姊，甚至打過電話，但兩人至今都還沒有回應。」

季晗沒有回覆，而是已讀了很長一段時間。

良久，他回：「這樣吧，我們去一趟社辦，那裡或許有其他幹部，能解決妳的問題。」

面對季晗的提議，我的眼眸頓時一亮，欣喜若狂地贊同：「好。」

送出訊息後，我隨即抓起錢包跟鑰匙，轉身就要出門。

後頭的琬茵則是急忙跟了上來，一臉擔憂地問：「不用我陪妳去嗎？」

「沒關係，季晗會跟我一起去。」我揚起唇角，給了她一抹放心的笑容，「謝謝妳，琬茵。」

「謝什麼，等事情處理好再謝也不遲。」說完，琬茵作勢趕人，「快去快去。」

我沒有說話，僅是加深笑意，然後關上房門。

抵達綜合館時，季晗正好從另個方向抵達。

我先是朝他揮手，然後慢步前進，語帶歉意道：「抱歉，臨時找你出來。」

季晗則是淺笑了笑，「沒事，我說過，只要妳有任何煩惱都可以傳訊息告訴我。」

聞言，我感覺心臟猛然一顫。

從臉頰傳來的燥熱，使我不自覺別開視線。

來到社辦前，門下的縫隙隱約透出一道亮光。

見狀，我睜亮眼眸，喜出望外。

輕敲了兩下門，無人回應。

再敲了兩下門，依舊無人回應。

我不禁皺起眉，深感疑惑。

覷了眼身旁的季晗，他好奇地問：「有鎖嗎？」

我先是聳肩，示意不曉得，隨後放輕力道，壓下門把。

門把很快的便壓到最底部，過程毫無阻礙。

——門沒鎖。

我小心翼翼地往裡面推開。

相較於陰暗的走道，從室內傾洩而出的燈光顯得格外刺眼。

透過門縫，我戰戰兢兢地朝社辦裡探了幾眼，卻絲毫不見半個人影。

「怎麼辦？好像沒人。」我壓低聲音朝季晗道。

他則是提議：「進去看看吧？」

我輕輕頷首，表示贊同，於是我跟季晗躡手躡腳地走進社辦。

室內一片寂寥，萬籟俱寂。

周圍安靜得只剩下彼此的呼吸聲。

我跟季晗對視一眼，目光困惑。

納悶之際，忽然，一道身影冷不防闖進我的視線。

——是子默學長！

只見學長趴在角落的桌子上，眼皮緊闔。

放輕步伐，我悄聲朝角落走去。

隨著距離逐漸縮短，空氣中隱約傳來微微的鼾聲。

望著學長規律起伏的背影，懸在半空中的手倏地一僵，顯現出滿滿的掙扎。

我猶豫地看了季晗一眼，他沒有說話，僅是點頭。

躊躇片刻，最終我還是輕拍了兩下學長的肩膀，原本在睡夢中的他瞬間驚醒。

抿了抿唇，一股愧疚感自心底油然升起。

打了個呵欠，他睡眼惺忪地說：「喔……星辰，妳們回來啦？」

聞言，我不禁失笑，急忙澄清：「學長，我是舒毓琦。」

「嗯……舒毓……」聽到我的回答，學長喃喃重複，語氣挾著幾分慵懶。

當唸到第二個字時，他突然停住，身體驀地一僵。

下一秒，學長猛然抬起頭，一臉不敢置信，「毓琦？妳怎麼會在這裡？」

我困窘一笑，徐徐解釋：「那個……學長，剛才我在報名壓軸表演時，發現表單被鎖起來，無法填資料，傳了訊息給你跟星辰學姊也沒有回應，於是我跟季晗便跑來社辦，想著或許有其他幹部在。」

「咦？真的嗎？」子默學長面露詫異，隨即拿起手機查看，「抱歉，我剛剛在睡覺，設了勿擾，沒注意到妳的電話跟訊息。」

「沒關係。」我淺淺一笑，示意不要緊，「倒是能麻煩學長幫我看看是怎麼回事嗎？有沒有辦法解決？」

「妳說表單被鎖起來了？」他一臉狐疑，「截止日不是到今天嗎？」

我頷首附和：「是啊，我確認過群組公告，是今天晚上沒錯，但不曉得為什麼表單就是進不去。」

聽到我的回應，子默學長不禁蹙起眉。

「不可能，真奇怪……」他一面咕噥，一面朝擺放電腦的辦公桌前進。

點開報名表單，眼前顯示的畫面，跟方才我見到的如出一轍。

那一剎，子默學長的表情驟然湧現幾絲困惑。

他隨即切換Google帳號，修改的同時，這才驚覺表單確實被人動過手腳。

於是學長趕緊調回原來的設定，然後道：「好了，毓琦，妳看看能不能報名。」

我立刻拿起手機，點開報名網址。

此時表單已恢復正常。

攥緊手機，我欣喜若狂，朝子默學長鞠躬道謝：「可以了！謝謝學長！」

「是嗎？那就好。」他揚起唇角，燦爛一笑，「說來也怪，表單怎麼會突然被人鎖起來？」

自始至終保持沉默的季晗忽然開口：「那組帳戶，平常是由誰負責？」

「沒有特定的人。」子默學長回：「只要是音樂祭的大三幹部，都有帳戶的密碼。」

聽到學長的回答，季晗沒有說話。

於此同時，社辦的門被人推開。

星辰學姊跟蕭亭君的身影猝不及防闖進我的視線。

瞪圓杏眼，我驚愕地看著蕭亭君。

她眼眸微瞠，震驚的情緒在她的臉上顯露無遺。

片刻，歛起驚訝，蕭亭君面露厭惡。

她沒好氣地問：「妳怎麼在這？」

我沒有理會，而是別開眼。

星辰學姊手裡握著兩杯飲料，慢步前進。

當她走到子默學長身邊時，將其中一杯放到桌上，輕聲問：「怎麼回事？」

於是子默學長將事情的經過全盤托出。

星辰學姊聽完，忍不住擰眉，神情凝重，「是有點不對勁。」

蕭亭君則是冷笑了聲，語帶嘲諷：「看來討厭妳的人還真多呢，舒毓琦。」

面對她的出言挑釁，我正想反駁，星辰學姊卻早我一步有了動作。

她睨了蕭亭君一眼，目光帶著警告，「亭君，忘記我說過的話嗎？」

蕭亭君悻悻然地別過頭，不發一語。

空氣頓時安靜下來，沉寂半晌，星辰學姊提出猜測：「會不會是其他幹部記錯截止日期，而提前關閉表單？」

「有可能。」思量幾秒，子默學長贊同道：「我待會去群組問一下。」

星辰學姊卻出聲阻止，「算了吧，既然事情已經解決了，就別再節外生枝。」

聞言，我微微啟唇，正想開口——

一旁的季晗卻突然拉住我的衣角。

對於他的阻攔，我不禁感到納悶，他卻依舊搖頭。

不得已，我只好將原本想說的話嚥回喉嚨裡，欲言又止地看著星辰學姊。

離開綜合館，按捺不住內心的疑惑，我忍不住問季晗：「為什麼剛才不讓我問下去？」

季晗的眼底驟然閃過一絲掙扎，躊躇幾秒，他徐徐回：「我在觀察。」

我皺起眉頭，更加納悶了，「觀察？觀察什麼？」

季晗先是靜默，目光卻緊鎖著我。

半晌，他斂下眼，神情凜然，「舒毓琦，我認為今天的事，是有人刻意為之。」

聞言，我猝然一驚，心臟則是劇烈顫動了一下。

我面露驚愕，不敢置信地重複著他的話：「……刻意？你的意思是，有人故意把表單鎖起來，不讓我報名？」

季晗頷首，「當然，事情也有可能像副社長猜得那樣，其他幹部記錯截止日期，而提前關閉表單，但我覺得沒那麼單純，情況遠比想像中來得複雜許多。」

聽完季晗的猜測，我眼眸微瞠，沒有說話。

震驚的情緒佔據我的腦海，使我久久無法思考。

來自胸口的緊悶，難受得讓人喘不過氣，幾近窒息。

良久，我艱澀地啟唇，聲音明顯顫抖：「……是誰？是誰這麼做？又為什麼這麼做？」

面對我的疑問，季晗眉頭深鎖，「不曉得，現在的局面是，我們在明處，敵人在暗處；我們不了解對方，對方卻對我們瞭若指掌。」

我不禁愕然，話裡盡是掩藏不住驚慌，「難道我們只能坐以待斃？」

「當然不是。」季晗揚起唇角，不疾不徐地解釋：「人只有在鬆懈時才會顯現破綻，妳愈是緊迫盯人，對方愈是警惕。所以我在等，等對方放鬆警惕，如此一來我們才有跡可循——」

停頓幾秒，他接著道：「——這也是我不讓妳繼續問下去的原因。」

聞言，我瞬間豁然開朗。

原先籠罩在心頭上的巨大陰霾，倏地煙消雲散。

原來季晗之所以阻止我，是為了保護我。

思及此，我不自覺捏緊衣角，心底蕩起一絲暖意。

沉寂許久，我忍不住問：「關於犯人，你有頭緒嗎？」

季晗沒有回答，表情卻陷入沉思。

見他沉默，我率先開口：「子默學長說，只要是音樂祭的大三幹部，都有那組Google帳戶的密碼，我在想……犯人會不會就是流唱社的社幹？」

面對我的猜測，季晗卻是搖頭，「不一定，剛才在社辦妳也看到了，社長是直接切換帳號去修改表單，表示那台電腦存有密碼，也就是說，凡是進出過社辦的人，無論年級，都有嫌疑。」

聽到季晗的反駁，我先是微愣，腦袋乍然浮現星辰學姊跟蕭亭君走進社辦的畫面。

那一剎，我感覺渾身的血液激烈翻騰。

咬緊牙，我激動難平，「蕭亭君呢？會不會是蕭亭君？她一直以來都很討厭我，對於我參加壓軸表演徵選的事更是憤怒不已，她有充分的理由這麼做，再加上蕭亭君剛剛也在社辦。」

「蕭亭君嗎？」相較於我的反應，季晗的態度倒顯得有些遲疑，「假設犯人是蕭亭君好了，如果我是她，照理而言，這段時間我會儘量避免出現在社辦，以擺脫嫌疑，我不認為蕭亭君會笨到將自己陷於危險之中。」

「說不定她真沒想得這麼仔細。」我接著道：「又或許，她早料到我們會這麼想，乾脆反其道而行。」

季晗眉頭深鎖，表情似乎不是很認同，「依我對蕭亭君的了解，她不是個有城府的人，蕭亭君確實是不喜歡妳，但她喜惡分明，只要是她厭惡人、事、物，她都會清楚地表現出來。」

我沒有說話，而是抿唇沉思。

根據季晗說的話……既然犯人不是蕭亭君，難道是子默學長？

抑或是星辰學姊？

事情再次陷入膠著，成了僵局。

攥緊拳頭，腦海湧現無數的可能。

子默學長跟星辰學姊是音樂祭的大三幹部，手裡握有密碼。

倘若他們真想阻撓我報名，大可在別處關閉表單，靜待截止日來臨，何必待在社辦等我前去尋求救援呢？

思忖良久，最終我依舊毫無頭緒，沒有結論。

「沒事的，舒毓琦。」

煩躁之際，季晗忽然出聲。

猶如炎炎盛夏裡的冰泉般，瞬間澆熄我的浮躁跟焦慮。

「至少我們確定了敵人的存在，這也應證了我當時的猜測——造成妳自殺的原因，果然跟流唱社有關。」

我依然沮喪，「可是……我們根本不曉得對方的身分。」

他淺笑了笑，語氣柔和，「往後一定還有其他線索，只要敵人再度出手，必定會留下蛛絲馬跡。」

下一秒，季晗加深笑容，眼眸宛如夜空裡的繁星般，璀璨閃爍。

「在我原本的時空，舒毓琦是一人獨自奮戰，然而在這個時空，我們是兩人並肩而戰。」

他放慢語速，一字一字說得極其緩慢且堅定：「這一次，我一定會保護妳。」

聽到季晗如同承諾般的發言，我感覺心臟慢慢縮緊。

捏緊衣角，我迎上季晗的目光。

一道晚風這時迎面吹來。

伴隨著季晗的這句話，一併吹進我的心底。

＊＊＊

寒假來臨，音樂祭的分組名單亦隨之出爐。

我跟季晗被分到宣傳企劃組，然而，同為宣傳企劃組的還有一個人——

「真倒楣，居然跟妳同組。」相見歡那日，對方一見到我，掩藏不住的厭惡盡顯現在臉上。

——是蕭亭君。

有了先前的經驗，這一次，我不再隱忍退讓。

而是揚起笑容，不疾不徐回：「我勸妳還是安分點，免得又被星辰學姊約談。」

聞言，蕭亭君的表情陡然一變，隨即拔高音調，「妳！」

她氣得渾身顫抖，想反駁，卻一陣語塞。

她的反應，不禁讓我感到訝異。

蕭亭君景仰星辰學姊這件事，我很早就知道了。

但我沒想到的是，她居然能為了星辰學姊，忍氣吞聲。

換作以往的蕭亭君，早就反唇相譏了，哪裡有安靜的選項。

看來她是真的很崇拜星辰學姊。

至於宣企組的組長，則是熱音社的副社長，簡祖銘。

聽流唱社同屆的社員說，他跟星辰學姊似乎是同學，彼此同系。

用兩個字來形容祖銘學長，大概就是：隨興。

從初次見面開始，他渾身便散發一股慵懶的氣息，做起事來永遠提不起勁。

每當組員提出看法或建議時，祖銘學長總是同一句話：「都行。」

對於性格如此特別的組長，我不曉得該喜還是憂。

好處是，他不會限制組員的想法跟行動；壞處則是，他什麼都不會管。

不插手、不介入，全權交給組員發揮。

由於今年的春節在寒假的最末段，因此祖銘學長將開會集中在寒假的前三週，每週三日。

還記得第一次開會時，祖銘學長一臉無奈地抱怨：「要不是總召規定每週至少開三次實體會議，我還真想把工作分配下去，各自完成。」

執行組認為，實體開會的用意不僅在於督促作業，更能增進組員之間的感情。但對祖銘學長而言，不過是浪費時間罷了。

在歷經三次開會後，宣企組的成員逐漸熟稔起來。

儘管期間，蕭亭君對我的態度依舊不友善，卻沒有過於跋扈的行為。

休息時間，季晗拿起錢包，朝我問：「我要去便利商店買飲料，妳要去嗎？」

我用指腹按了按眉心，然後搖頭，「不了，我想睡一會兒。」

接連想了數小時的企劃，我不禁感到頭疼。

季晗先是頷首，示意了解，接著又問：「要幫妳買點什麼嗎？」

我仍舊搖頭，「不用了，謝謝。」

季晗則是淺笑了笑，輕聲道：「那妳先休息吧。」

望著季晗的背影，待他離去後，我著手開始整理桌面。

好不容易騰出一個空間，正當我準備閉目養神時——

忽然，一道聲音冷不防從身後傳來。

「妳是……舒毓琦對吧？」

原本正要趴下的動作驀地一滯。

我納悶地回頭，映入眼簾的，是祖銘學長的臉龐。

「組長？」我倏地一愣，面露詫異，「組長有什麼事嗎？」

「看來我沒認錯人。」他扯開嘴角，無視我的問題，逕自道：「還有，別叫我組長，聽起來很生分。」

我不禁怔然，隨後改口，語氣盡是不確定，「那……祖銘學長？」

「嗯？」見他眉開眼笑，似乎是接受這個喊法。

我皺起眉，重複剛才的問題，「祖銘學長找我有什麼事嗎？」

「沒什麼事啊，跟組員聊天，增進感情而已。」他聳肩。

聽到祖銘學長的回應，我頓時錯愕，沒有答聲。

反倒是學長再次開啟話題：「話說回來，妳跟蕭亭君的關係好像不是很好？」

被祖銘學長突如其來一問，我猝不及防愣住。

他的話恍若雷聲巨響，在我的腦海轟隆不斷。

周圍的空氣彷彿在這一刻變得稀薄，讓人難以呼吸，幾乎窒息。

抿了抿唇，沉默半晌，我反問：「為什麼學長會這麼問？」

相較於嚴肅緊張的我，祖銘學長顯得一派輕鬆，「我總得了解一下組員間的狀況啊，要是妳們感情不好，我還把妳們分派同組，豈不是很尷尬？」

聞言，我瞬間豁然開朗，贊同地頷首。

躊躇幾秒，我攥起拳頭，向他坦承，「你說得沒錯，我跟蕭亭君的關係確實不好。」

「為什麼？」他的神情沒有絲毫驚訝，反而揚起唇角，語帶試探，「是因為星辰嗎？」

我猝然一驚，不敢置信地看著祖銘學長。

心跳這時急遽加速，來自胸口的躁動，猶如一匹脫韁野馬，橫衝猛撞。

我艱澀地啟唇，聲音明顯顫抖，「你……怎麼知道？」

他沒有解釋，唇邊的笑意卻驀地深了幾分，「我不僅知道，我還知道表單被鎖起來的事。」

語落的那刻，我渾身一震。

滿滿的震驚跟驚愕佔據我的腦海，使我無法思考。

氣氛這時陷入寂靜。

沉默在兩人之間橫亙而開，向外蔓延。

來自其他組員的喧鬧，在這一剎顯得格外清晰。

緊張的情緒乘著涔涔汗水，從掌心滲出。

咬緊唇，迎上祖銘學長的視線，我鼓起勇氣開口：「是星辰學姊告訴你的嗎？」

他的眼底驟然閃過一絲訝異，但很快的便恢復原樣。

祖銘學長晃動著食指，嘴角微彎，「不是喔。」

下一秒，他邁開步伐，將身子向前一傾，附在我耳邊輕喃道：「應該說，只要是星辰周邊的事，我都曉得。」

聞言，我的心猛然一顫。

還來不及反應，祖銘學長便留下一抹意味深長的笑容，轉身離開。

不久，季晗握著飲料走進教室。

見我呆坐在位置上，他不禁納悶，「妳不是要睡覺？還是睡醒了？」

聽到聲音，我先是怔然地望向他，良久，這才慢慢啟唇：「剛剛跟祖銘學長說了些話……結果就睡不著了。」

他擰眉確認，「組長？」

「嗯……」放慢語速，我一字一字說得極其緩慢，「祖銘學長他……知道表單被鎖起來的事。」

當最後一個音脫口的瞬間，季晗眼眸微瞠，難以置信，「他親口跟妳說的？」

我沒有答聲，僅是頷首。

季晗的表情倏地陷入沉思，緊皺的眉頭此刻更緊了些，「看來事情變得更複雜了。」

捏緊衣角，我忍不住問：「季晗，你說……表單的事會不會跟祖銘學長有關？」

想起學長正好是音樂祭大三幹部之一，我感覺心臟跳動得厲害。

季晗先是靜默，半晌，他將手中其中一杯飲料遞向我，語氣溫柔，「別想了，妳的臉色很差，喝點熱可可放鬆一下。」

我微愣。

見我安靜，他又道：「如果妳不想喝也沒關係，不勉強。」

我沒有說話，而是伸出手，接過那杯熱可可。

掌心傳來的溫熱，使得緊繃的神經逐漸舒緩下來。

揚起唇角，我不自覺加重緊握的力道，「謝謝你，季晗。」

從心底蕩起的一絲暖意，恍若一粒石子，擲入湖中。

泛起的漣漪，怎麼樣也停不下來……

＊＊＊

餐車前擠滿了人潮。

佇立在最前方的阿姨俐落地裝袋、收款，身旁的中年男子則是將鍋裡的食物不斷裝進紙盒。隊伍大排長龍，綿延十幾公尺。

這台餐車位於學校後門的巷弄內，每週固定二、四擺攤。販賣的項目不多，只有三樣：炒麵、炒飯和貢丸湯。

儘管選擇極少，卻因為餐點物美價廉，吸引大批學生光顧，客人源源不絕。

走進隊伍的最末端，我拿出手機，意興闌珊地滑著頁面，消磨時間。

眼角的餘光這時注意到，前方的背影有些熟悉。

於是我將視線從螢幕移到前一位客人身上，腦袋隨之浮現一個名字。

躊躇幾秒，握緊手機，最終我還是決定開口，朝那人喊著：「——子默學長？」

聽到我的聲音，對方原先正在滑手機的動作驀地一滯。

下一秒，他回過頭，映入眼簾的，是張詫異的臉龐。

——果然是子默學長！

「毓琦？」滿滿的震驚在他的臉上顯露無遺，「這麼巧，妳也來排餐車？」

「是啊！」我揚起笑容，用力頷首，「學長也喜歡他們家的食物嗎？」

「豈止喜歡，我還是這家餐車的忠實顧客呢！」子默學長挺起胸膛，模樣得意，「禮拜二是炒麵，禮拜四炒飯，必配一碗貢丸湯！」

看著學長雀躍的表情，我不禁失笑，「還真的是忠實顧客。」

他先是輕哂，隨後開啟新的話題：「對了，在宣企組待得還習慣嗎？組長是祖銘，應該不會太累才對。」

聞言，我尷尬一笑，附和道：「是啊，祖銘學長確實不太會給我們壓力，也不會限制組員的發揮，只不過……要自立自強就是了。」

子默學長放聲大笑，「沒辦法，這就是他的個性，每個跟祖銘共事過的人都這麼說。」

「雖然這麼問有點沒禮貌……」我皺起眉頭，左顧右盼一陣子，然後壓低聲音，好奇地問：「但執行組怎麼會想讓祖銘學長負責宣企組？」

「妳不是第一個提出疑問的人。」子默學長依舊微笑，神情卻倏地湧現幾絲無奈，「關於宣企組組長的人選，其實在當時引起很大的爭議。祖銘雖然經常漫不經心，但不可否認的是，他的確有那個實力，去年音樂祭的宣傳企劃，有大半都是出自祖銘之手。不過他不喜歡與人合作，所以那些企劃從擬定、修改到定案，都是他獨力完成……怎麼說才好，孤僻的奇才？」

我沒有回應，而是感到錯愕。

原來祖銘學長……這麼厲害。

隱藏在隨性無謂性格之下的，是作為後盾的堅強實力。

「他之所以放任我們、不加以限制，該不會……是想著如果我們失敗了，他再自己生出新的企劃？」我不禁推測。

子默學長莞爾，「或許喔！聽妳這麼說，還真有可能，很有祖銘的行事風格。」

我則是哭笑不得。

有這樣的組長，究竟是喜還是憂？

「話說回來……」腦海乍然浮現祖銘學長提及報名表單的畫面，按捺不住內心的疑惑，我忍不住問：「祖銘學長好像知道表單被鎖起來的事。」

當最後一個音脫口的剎那，子默學長的眼底猝然閃過一絲驚愕。

他眉頭深鎖，若有所思。

「……學長？」見他久久沒有回應，我輕聲喚道：「子默學長？」

他這才如夢初醒般回過神，茫然看向我。

「抱歉，我恍神了。」

我不禁好奇，「學長在想什麼？」

他緊皺著眉，臉上盡是納悶，「我在想……為什麼祖銘會知道這件事情。」

我驀地一愣，「學長沒有告訴其他人嗎？」

「沒有。」子默學長搖頭，表情嚴肅，「事發那天，我原本是打算在群組問有沒有幹部記錯截止日期，但後來被星辰阻攔，就沒問了。」

聽到他的回答，我更加疑惑了，「那……祖銘學長是如何得知表單被鎖起來的事？」

思忖幾秒，子默學長猜測，「應該是星辰告訴他的。」

「星辰學姊？」我睜圓眼眸，不敢置信，「為什麼是星辰學姊？他們很要好嗎？」

子默學長先是凝視著我，眼裡挾著濃濃的猶豫。

半晌，他徐徐啟唇，並放慢語速，一字一字說得極其緩慢：「——他們是青梅竹馬。」

聞言，我渾身一僵。

震驚的情緒佔據我的腦海，使我無法思考。

時間彷彿在這刻凝固般，忘了流動。

急遽加速的心跳，恍若一匹脫韁野馬，逐漸失控。

青梅……竹馬？

星辰學姊跟祖銘學長是青梅竹馬？

得知這項事實的我，倏地啞然。

沉寂半晌，我艱澀地開口，聲音明顯顫抖，「他們的關係……好嗎？」

思量一會兒，子默學長頷首，「雖然星辰總是說她跟祖銘感情不好，但就我看來，他們的關係還不錯。」

捏緊衣角，我抿唇不語。

隊伍這時輪到子默學長，阿姨先是吆喝了聲，隨後問：「要什麼？」

「一份炒麵跟貢丸湯。」他趕緊回。

阿姨迅速拿起餐點，裝進塑膠袋，遞向子默學長的同時，朝我問：「下一位要什麼？」

「呃……炒、炒飯。」我猛然回神，結巴地回。

「那我先走了。」子默學長晃了晃手中的塑膠袋，揮手道別。

我則是一面揮手，一面接過阿姨遞來的餐點。

回程的沿途，盤據於腦海的，盡是子默學長方才的那句話。

「他們是青梅竹馬。」

思及此，前行的步伐不知不覺沉重起來。

＊＊＊

春節將至。

隨著過年的腳步漸近，街坊巷弄瀰漫著濃厚的新春氣息。

相較之下，學校倒顯得有些冷清。

學生們都返鄉過節了，校園一片空蕩，寂寥蕭條。

不知不覺間，寒假開會已邁入第三週。

這三週以來，祖銘學長鮮少給予壓力，唯一的要求，便是在禮拜六前繳交活動企劃的初版，這也是我們的第一個任務。

撇除祖銘學長，整個宣企組被分為四組，每組有三名成員。

除了季晗之外，跟我同組的還有一位女生，葉又嘉。

葉又嘉是個標準的話匣子。

只要有她在，氣氛絕不會冷場，她總有說不完的話，跟聊不完的天。

性格雖然八卦，卻不難相處，共事起來還算順遂。

這些時日，在三人的討論下，企劃逐漸有了雛型跟方向。

經歷幾次修改，整體大致完成。

剩下的，盡是一些細項。

轉眼間，迎來寒假最後一次開會。

開會結束後，向來都是第一個離開的祖銘學長，罕見地留下。

一改往常，他突然提議：「時候也不早了，要不要來個組聚，大家一起吃飯？」

瞥了眼牆上的時鐘，傍晚五點半，確實很接近晚餐時間。

面對祖銘學長的邀約，眾人先是微怔，面露驚訝。

彼此對望幾眼後，這才紛紛附和同意。

「好啊，吃！」

「走！」

「要吃什麼？」

「市區有家火鍋還不錯。」

此起彼落的討論聲，猶如雨後春筍般，乍然湧現。

環顧四周，再看向祖銘學長，我不禁感到訝異。

沒想到那個看似孤僻、不喜交際的祖銘學長，居然也有邀請大家吃飯的一天。

是想凝聚宣企組的向心力嗎？

我一面思忖其中緣由，一面收拾東西。

正當我闔上筆電，準備收進提袋時，耳邊響起葉又嘉的聲音。

「妳不會是想提著電腦去聚餐吧？」她睜圓眼眸，一臉不敢置信。

我瞬間一愣，擰眉反問：「是啊，有什麼不對嗎？」

「電腦這麼重，妳帶著也麻煩吧？」葉又嘉嘆了口氣，然後建議：「不如妳先把電腦放在教室，等聚餐結束後再回來拿，反正綜合館旁邊就是機車棚，挺方便的。」

聞言，我困窘一笑，面有難色，「可是……我沒有機車。」

「咦？妳要搭公車去嗎？」葉又嘉神情震驚，接著低喃：「也是，公車站離綜合館有段距離，有點棘手……」

我沒有答聲，僅是尷尬地笑了笑，視線則是朝桌上的筆電移去。

葉又嘉說得沒錯，提著電腦來回奔波確實有些麻煩。

躊躇之際，一旁正在整理背包的季晗忽然開口：「舒毓琦，我載妳吧？」

面對季晗的提議，我猝然一驚，用著不確定的語氣重複道：「……你要載我？」

「嗯，妳不是沒有機車嗎？正好我有點兩頂安全帽。」他頷首，「假如妳覺得電腦太重，不想提著去聚餐，我可以吃完飯後再載妳回來。」

抿了抿唇，我欲言又止地望著季晗。

看出我的猶豫，他緊接著道：「如果妳有其他考量，沒關係，不勉強。」

「不是！」我急忙澄清，並怯聲解釋：「我只是在想……會不會太麻煩你……」

尾音落下的那刻，季晗先是微怔。

片刻，他唇角微彎，「不會，妳想多了。」

我沒有回應，耳根卻驀地滾燙起來。

恍若盛夏裡，被烈日曬過的石子般，灼燙炙熱。

校園裡一片靜謐。

皎潔的月光傾洩而出，灑落在柏油路上，替周圍的景色增添幾抹柔和。

來到停車場，步伐停留在一台黑色機車前。

打破夜晚的寧靜，季晗率先啟唇：「妳介意戴我戴過的安全帽嗎？」

我倏地一愣。

儘管不明白季晗為何這麼問，我依舊回答了他的問題：「不介意。」

「是嗎？那就好。」他露出一抹安心的笑容。

季晗將擺在椅墊上的全罩式安全帽遞向我，自己則是從車廂中，拿出一頂車行附贈的安全帽，然後戴上。

我沒有動作，而是愣然地盯著手上的安全帽，胸口驀地一緊。

「怎麼了？」

季晗的目光這時朝我投來，挾著幾分疑惑。

「沒、沒事……」我生硬地回。

為了不讓季晗察覺到我的異樣，我匆匆忙忙將安全帽往頭頂一套。

然而，從未戴過全罩式安全帽的我，在緊張的情緒下，帽扣遲遲扣不起來。

見狀，季晗莞爾，隨即伸手替我扣上，「我來幫妳吧。」

當他碰觸到帽帶的那一刹，我感覺心臟猛然一顫。

急遽加速的心跳，彷彿一匹脫韁野馬，瘋狂奔竄。

來自胸口的躁動，好吵。

猶如雷聲般，震耳欲聾。

繫好帽扣後，季晗退後一步，面露狐疑，關切地問：「舒毓琦，妳身體不舒服嗎？臉怎麼那麼紅？」

「有、有嗎？」我趕緊別開臉，試圖掩飾自己的慌張，「比起這個，我們還是趕快出發吧，別讓其他人等。」

「也是。」儘管季晗依然納悶，卻不再多問，僅是點頭附和。

跨上機車，他發動引擎。
沿途的風呼嘯猖狂。
望著季晗的背影，我抿了抿唇，心臟跳動得厲害。

＊＊＊

聚餐的地點最後訂在市區的一間火鍋店。
當我們抵達餐廳門口時，大多數人員都到了——
除了祖銘學長跟蕭亭君。
對此，我不禁感到納悶，便問了正在聊天的葉又嘉：「組長跟蕭亭君呢？」
「不曉得，沒看到。」她聳肩，「可能還在路上。」
「他們是一起出發的嗎？」
思忖幾秒，葉又嘉頷首，「好像是，因為蕭亭君沒有車，機車的數量又不夠，離開教室時似乎有聽見他們在討論。」
聞言，我恍然大悟，「原來如此。」
於是，一群人在店門前談天消磨時間。
二十分鐘過去，祖銘學長跟蕭亭君這才姍姍來遲。
腳步停下的瞬間，蕭亭君隨即解釋，神情歉然，「抱歉，剛剛離開綜合館時發現手機沒電了，卻沒帶到行動電源，只好請學長繞去外宿一趟，耽擱了一陣子。」

其中一個男生回：「沒事、沒事，人到就好，比起這個，還是趕緊進去點餐吧，肚子都餓扁了。」

話聲落下，眾人哄堂大笑，紛紛附和。

由於人數的關係，位置被分為兩桌。

看著另一桌的蕭亭君，以及隔壁的祖銘學長，我壓低聲音，朝身旁的季晗道：「想不到祖銘學長跟蕭亭君的關係還不錯。」

他用公筷夾了兩片肉放到碗裡，徐徐回：「組長也不好讓她自己搭車吧？」

「怎麼會？祖銘學長什麼時候變得這麼熱心了？」睜圓眼眸，我故作驚訝，「感覺他就不是一個會在乎別人的人。」

季晗輕哂，「是沒錯，但這頓飯局畢竟是他提的，假如蕭亭君在路上出了什麼意外，他也有責任。」

聽完季晗的說明，我深覺有理，點頭認同，「也是。」

聚餐結束後，季晗載著我回到綜合館。

走進教室，來到座位前，正當我準備將電腦收進提袋時——

季晗忽然開口：「活動企劃妳寄給組長了嗎？」

聽到他的疑問，我倏地一驚，隨即睜圓眼眸，「差點忘了這件事，幸好你有提醒。」

我一面失笑，一面按下電源鍵。

點開活動企劃，眼前的畫面卻使我猝然一怔。

映入眼簾的，是一片空白。

原本正在滾動滑鼠的手指驀地僵住。

……怎麼回事？

我感覺呼吸一滯，不敢置信地盯著螢幕，心臟劇烈顫動著。

一股強烈的不安自心底油然升起。

猶如一絲火苗，迅速竄起，蔓延而開，演變成漫天巨火。

我趕緊重啟檔案，暗暗祈禱只是電腦當機，重開便恢復正常。

然而結果依舊相同，仍是一片慘白。

周圍的空氣彷彿在這一刻變得極其稀薄，胸口緊悶得難受，幾近窒息。

我驚慌失措地看著電腦，這個舉動引來一旁季晗的關切。

「怎麼了？」他納悶地問。

「……季、季晗……那個……檔、檔案……」我支支吾吾地回，食指則是指向螢幕，不斷顫抖。

想說的話全梗在喉間，怎麼也發不出聲。

季晗先是面露困惑，目光順著手指的方向，移到電腦。

當他看見空白畫面的那一剎，臉色陡然一變，瞬間變調。

「怎麼回事？」季晗皺起眉頭，語氣嚴肅。

「我、我不知道……我一打開檔案，就、就變成這樣了……」回答的同時，眼眶驟然一熱，濃濃的酸楚自鼻頭傳來，「怎麼辦，季晗……」

斂起驚愕，季晗神情凜然，「備份呢？我們不是有備份檔案在雲端嗎？」

聞言，我喜出望外地頷首，急忙打開雲端。

然而，原本存有活動企劃的資料夾，卻在此刻不翼而飛。

找遍整個雲端，卻依舊不見檔案的蹤影。

「怎麼會這樣……」

對此，我心急如焚，焦急得不知如何是好。

季晗這時出聲，試圖安撫我的情緒，「沒關係，我這邊有妳之前傳的檔案，雖然不是最終版本，但多少還能補救。」

接過電腦，季晗登入自己的帳號。

但季晗收到的企劃，是上禮拜五的版本。

在那之後，企劃歷經幾次修改。

儘管主要架構不變，內容細項卻更動不少。

見狀，我頹喪著臉，話裡盡是掩藏不住的失落，「這是上禮拜五寄的……」

相較於萬念俱灰的我，季晗顯得從容不迫。

「已經很好了，至少不是從頭開始。」他淺笑了笑，接著道：「妳先打電話給葉又嘉，看她能不能過來幫忙，如果不行，我們就自己改。」

我瞬間瞪圓眼眸，難以置信，「……季晗，你是認真的嗎？我們花了整整一個禮拜討論的企劃，你打算在半天內寫出來？」

面對我的質疑，季晗非但沒有一絲緊張，反倒揚起唇角，「沒事，那些修改的細項，我已經記在腦海裡了。」

我沒有說話，而是愕然地看著他。

「雖然不敢保證全部，但少說也有八、九成。」

他的眼神閃爍著滿滿的自信。

恍如春日裡的暖陽般，燦爛明亮。

之後，按照季晗的指示，我撥了兩通電話給葉又嘉，卻無人回應。

於是，我只好留下訊息，便跟季晗著手修改企劃。

當企劃修改到三分之一處時，已是深夜一點半。

止不住的睡意席捲全身，使我呵欠連連，眼皮沉重。

腦袋則是腫脹疼痛，恍若一顆充滿氣的氣球，隨時將要炸裂。

強忍這股疲倦跟不適，我拍了拍臉頰，試圖打起精神。

一旁的季晗注意到我的動作，忍不住莞爾，「不如妳先歇息一會兒吧？」

聞言，我隨即搖頭，拒絕道：「不了，按理來說，應該休息的人是你才對，畢竟檔案是在我電腦裡消失的，責任在我。」

他的表情卻不怎麼認同，「我們是一組，論起責任，我也有份，妳別把所有的過錯都往自己身上攬。」

話聲落下的那刻，一股愧疚自心裡乍然湧現。

我沒有答聲，而是抿了抿唇，捏緊衣角。

見我安靜，季晗再次開口：「不然這樣，妳先睡一小時，一小時後我會叫妳起床，兩人交換，輪流工作。」

面對他的提議，我依舊沉默，思緒卻陷入掙扎。
依照目前的情況，再逞強下去，最糟的局面便是一起倒下。
而且頭昏腦脹的，確實不好辦事。
思忖半晌，最終我還是妥協了，「好吧，那你一小時後再叫我。」
季晗彎起唇角，欣然答應，「好。」
闔上眼皮，耳邊迴盪著季晗敲打鍵盤的聲響。
不出片刻，濃濃的睡意猶如海浪般席捲而來。
眼前的畫面這時逐漸模糊起來，聲音則是愈來愈小、愈來愈小……
慢慢的，周圍一陣寂靜。
緊接而來的，是一片黑暗。

＊＊＊

清晨的陽光透過窗戶斜映進室內，照亮了教室。
金色流光灑落在撲扇的睫毛間，猶如亮粉般，絢爛奪目。
我不自覺扭過頭，並移動身體。
下一秒，我猛然驚醒，從臂枕中爬起。
淺藍色的天空挾著幾抹亮白，我這才驚覺窗外天色已亮。
瞥了眼牆上的時鐘，早上六點。

隨著指針落入視線的那一剎，心臟劇烈顫動了一下。

抿了抿唇，我驚慌失措地環顧周遭。

教室一片寂寥，悄然無聲。

身旁的季晗則是趴在電腦前，安靜地睡著了。

規律起伏的背影，似乎睡得很沉。

電腦螢幕這時一片漆黑，電源依然閃爍著綠燈。

於是我滑動觸控板，螢幕再度亮了起來。

映入眼簾的，是一片密密麻麻的文字。

我猝然一驚，難以置信地看著眼前的畫面。

原以為季晗是改到睡著，殊不知竟是改完了！

我震驚地往下滑。

在季晗的修改下，整份企劃井然有序、條理分明，甚至比原來的最終版還要完整。

對此，我不禁感到錯愕。

一股敬意更是從心底油然升起。

原本正在睡夢中的季晗，這時被我的動作給吵醒。

他揉了揉眼睛，睡眼惺忪地看向我，「……妳醒了？」

「對、對啊！」我先是微怔，緊接著問：「那、那個……季晗，是你把企劃改完的嗎？」

他皺起眉頭，一臉理所當然，「是啊，怎麼了？」

相較於慌張的我，季晗顯得無比鎮定。

聽到他的回答，我忍不住又問：「可、可是，不是說好一小時後叫我嗎？你怎麼……」

季晗聳肩，面露無奈，「沒辦法，我叫過妳，但妳沒醒，我只好自己把企劃修完。」

「咦？」我瞬間愣住，滿滿的愧疚一擁而上，「真的嗎？我居然睡死了？叫都叫不醒……」

我懊惱地抱著頭，不斷責罵自己怎麼那麼貪睡。

慚愧之際，季晗突然笑了。

「開玩笑的。」

「咦？」我再度一愣，愣然地看著他。

季晗輕哂，隨後解釋：「原本我是打算叫妳沒錯，但看妳睡得那麼沉，想說算了，乾脆讓妳好好休息。」

聞言，我感覺心臟猛然一震。

從胸口傳來的躁動，使我的耳根驀地滾燙起來。

將目光移回電腦上，看著修改後的企劃，我不禁蹙眉，「不過……說來也怪，好端端的，內容怎麼會突然消失？不只桌面上的檔案，就連雲端裡的資料夾也不翼而飛，是系統出了問題嗎？」

「不是系統出了問題。」季晗的表情這時變得極其嚴肅，他放慢語速，字字強調，「——是有人蓄意刪除。」

聞言，我猝然一驚，不敢置信。

瞠圓眼眸，我用著顫抖的聲音重複：「……蓄意？」

他頷首，「沒錯，昨晚修完企劃後，我深思了一下，發現聚餐晚到的組長跟蕭亭君很可疑。」

我吶吶地回：「可是……蕭亭君不是說，她是因為手機沒電，才讓祖銘學長繞到外宿一趟而遲到的嗎？」

「那不過是個說詞，至於真相為何，只有那兩個人曉得。」季晗不以為然地反駁，「舒琦，妳太容易相信別人了，當妳愈是信任一個人，遭到背叛時受得傷就愈重。」

說到這裡，他先是停頓幾秒，語重心長道：「我想……在原本時空的妳，大概就是太輕易相信人，以至於事情爆發時，才會做出傻事。」

我沒有說話，僅是木然地看著季晗，並捏緊衣角。

氣氛這時陷入了沉默。

沉寂半晌，季晗再次開口：「關於這件事，我有個對策。」

聞言，我瞬間睜亮眼眸，好奇地問：「什麼對策？」

斂下眼，他徐徐道，神情凜然，「沒記錯的話，學長的車應該跟我一樣，停在綜合館旁的機車棚。過幾天我會去一趟教官室，向教官宣稱自己的東西被偷，請他們幫忙申請調閱監視器畫面。」

聽到季晗的計畫，我不禁怔住，難以置信，「……你、你這是要說謊？」

「嗯。」他不假思索地承認，一臉淡然，「說起來，這還是我第一次說謊，長這麼大還沒騙過人。」

我更加震驚了，話裡盡是掩藏不住的驚慌，「你、你不怕被發現嗎？」

面對我的質疑，季晗非但沒有緊張，反倒揚起笑容，「——那種事不會發生。」

他的語氣充滿自信，使我頓時語塞。

我欲言又止地看著季晗，掙扎片刻，最終還是作罷，不再追問。

將活動企劃寄出後，迎上季晗的目光，我由衷地道謝：「謝謝你，季晗，謝謝你幫我修好企劃。」

他的眼底先是閃過一絲詫異，隨後輕哂，「沒什麼好謝的，這本來就是我該做的事。」

我則是搖頭，嘴角噙著一抹苦笑，「你們不過是被我拖下水，對方真正的目標，是我。」

季晗沉默。

「你知道嗎？我不堅強，甚至很脆弱，小時候遇到困難，我只會嚎啕大哭，束手無策；長大後也沒什麼長進，頂多逃到房間默默掉淚。今天要不是你幫忙，現在的我可能連一半的企劃……不，或許連三分之一的企劃都還沒修好，大概連情緒都無法冷靜下來……」

「我說過，我會幫妳。」季晗的眼神閃爍著堅定。

「我知道。」我淺笑了笑，並加重語調，「正因為知道，才特別感謝。」

深吸了口氣，我輕聲道：「謝謝你，接連幫我度過難關，無論是蕭亭君為難我的事、報名表單被鎖的事，以及今天企劃遭人刪除的事……沒有你，我根本無法走出這些逆境。」

季晗沒有說話，唇邊的笑意卻隨著話聲落下那刻深了幾分。

我忍不住莞爾，「總覺得你笑的頻率增加了？」

聞言，他眼眸微瞠，面露驚訝，「有嗎？」

說完，季晗摸著自己的臉頰。

「有啊。」我隨即頷首，「以前的你可無聊了，都是同張撲克臉，沒什麼表情。」

我加深笑容，燦笑著，「現在好多了！」

季晗再度安靜。

我卻注意到他的耳根驟然泛紅。

「原來你也會害羞啊？」我賊然一笑。

他則是別開眼，悶悶地回了句：「……才沒有。」

見狀，我笑得更樂了。

半晌，褪去唇邊的笑容，季晗的表情變得若有所思，「不過……假如我猜得沒錯，目前發生的這些事，應該都只是開端。」

「開端？」

他點頭，「對方針對的點，應該是音樂祭的壓軸表演，在音樂祭結束前，我們遇到的難題只會更多，不會變少。」

聽完季晗的猜測，我猝然一怔，久久不語。

真正的惡意，現在才正要降臨。

Chapter 03

春寒料峭。

迎面而來的風雖偶有幾分薄寒，卻掩藏不了初春的氣息。

隨著新學期來臨，日子逐漸繁忙起來。

在季晗的幫助下，重修的普物終於過關。

而壓軸表演的初選結果，亦隨之出爐。

歷經一個多月的評選，我順利進入複選階段。

不同於初選，複選的審查項目有兩首歌，其中一首為選手自行準備，另一首則是由評選團事先公布演唱曲目。

喜事接踵而至，使我喜不自勝，好心情全顯露於臉上。

「心情很好喔？瞧妳眉開眼笑的。」下課時間，坐在旁邊的琬茵看向我，好奇地問。

我則是燦笑，止不住的笑意自唇角蔓延而開，「是啊！最近值得開心的事實在太多了。」

「也是。」琬茵賊溜溜地笑，調侃道：「恭喜我們家毓琦，明年不用再修普物，擺脫重修惡夢！」

「一定要提起重修嗎？」聽到那兩個字，我忍不住扁嘴，「不過……這一切都要歸功於季晗。」

「季學霸還真是教導有方。」琬茵先是讚揚地頷首，下一秒，她睜圓眼眸，表情彷彿想起什麼，緊接著問：「對了，說到季晗，企劃案的事調查得如何？」

面對琬茵的疑問，我倏地一愣，然後抿唇沉思。

躊躇之際，一道聲音冷不防從身後傳入耳裡。

「我來說吧。」

話聲落下的那刻，我猝然一驚，隨即回眸。

映入眼簾的，是張熟悉的臉龐。

「你又跑來修我們的課啦？季學霸。」視線交會的那一刹，琬茵面露驚訝。

聞言，他皺起眉，一本正經地澄清：「——我叫季晗。」

「我知道，但我還是習慣叫你季學霸。」琬茵聳肩，繼續道：「上學期你可是奪走我們卷哥的第一名寶座，要是被他發現你這學期又來修課，他大概會氣炸吧？」

「你說程設嗎？」季晗的眼底乍然浮現一絲訝異，「原來我最高啊？期末的時候我只看了自己的成績，沒注意其他人的。」

琬茵噗哧一笑，「你不在意，我們卷哥可是非常在意！」

季晗神情不解，「不過，我也不是資工系的，即便程設拿了最高分，也不影響他拿書卷獎吧？」

聽到這裡，我的唇角不禁失守，只好替他解惑。

「是自尊心的問題啊，自尊心。」我加重語調，不斷強調，「在你還沒來修課之前，我們卷哥可是坐穩第一名的位置，從來都是別人遙望他，沒有他遙望別人的時候。」

聽完我的解釋，季晗瞬間豁然開朗。

看著他恍然大悟的表情，我再度一笑。

——果然是季學霸。

琬茵這時啟唇，回歸正題，「話說回來，監視器的調閱申請有過嗎？」

「嗯，有。」季晗頷首，回答的同時，表情隨之嚴肅起來，「不過……情況跟我想得不太一樣。」

琬茵擰眉，面露困惑，「什麼意思？」

「監視器確實有拍到組長出入停車場的畫面。」季晗娓娓道來，眉頭深鎖，「我原以為他們是一起行動，然而畫面裡只有組長的身影，沒有蕭亭君。」

我微愣，吶吶地回：「會不會……蕭亭君是在出口處等？」

「說不通。」他隨即反駁，「監視器拍到組長走進停車場的時間，是晚上六點四十二分，但騎車離開的時間，卻是七點四分，沒道理牽個車需要二十幾分鐘。」

陷入沉思，我喃喃道：「是有點怪……」

琬茵則是提出另個猜測，「那女生不是說手機沒電嗎？會不會是在跟其他人借行動電源？」

季晗的眉頭此時皺得更緊了些，「是有這個可能，但我認為，行動電源只是個幌子的可能性比較高。」

捏緊衣角，我艱澀地開口，聲音明顯顫抖，「所以……刪除企劃的人，是蕭亭君？」

「目前還沒辦法確定，但機率很大。」停頓片刻，季晗再度出聲：「又或者，犯人不只一個。」

聞言，我感覺呼吸驀地一滯，心臟跳動得劇烈。

睜圓眼眸，我不敢置信，「你的意思是……祖銘學長是共犯？」

「這只是我的猜想。」

聲音脫口的那一剎，季晗眼底的猶豫驟然深了幾分。

想起發現企劃被刪除時的絕望，以及季晗深夜修改企劃的側影，一股怒火遽然從心裡油然升起。

隨著情緒逐漸高漲，那股憤怒從星星之火，演變成星火燎原。

攥緊拳頭，我氣急敗壞地拿起手機，並點開蕭亭君的對話欄。

琬茵見狀，一臉震驚，急忙問：「毓琦，妳要幹麼？」

「當然是找蕭亭君問清楚！」我不自覺提高音量，憤慨地回。

「等一下，舒毓琦！」聽到我的回答，季晗立刻捉住我的手腕，神情凜然，「——現在還不是時候。」

面對他的阻攔，我不禁激憤，「為什麼？」

「我們手上沒有證據。」相較於情緒激動的我，季晗的語調顯得柔和許多，他放慢語速，慢慢解釋：「蕭亭君不傻，妳現在問她，她一定矢口否認，什麼也問不出來；再者，妳的貿然行動，只會打草驚蛇，對事情有害無益。」

語落的瞬間，我微怔了怔，一時語塞。

季晗的話猶如醍醐灌頂，澆熄我的衝動，使我豁然開朗。

半晌，我慢慢斂下眼，語氣盡是懊惱，「也是……抱歉，我被憤怒沖昏頭，心急了。」

見我緩和下來，他揚起唇角，淺笑了笑，「沒事，妳會有這樣的反應很正常。」

目光這時落在手腕上，我怯聲道：「季晗，那個……手。」

聞言，他猝然一驚，隨即鬆手，滿臉歉意，「抱歉，我不是故意的。」

我忍不住莞爾，「沒事，你不用太在意。」

看著季晗驚慌失措的臉龐，我笑得更深了。

原來他也會露出這種表情。

這還是我第一次見到季晗慌張的模樣。

「要上課了，我先回座位。」

伴隨鐘聲響起，他指了指最後一排的位置。

我跟琬茵則是頷首，示意了解。

待季晗離去後，琬茵立刻將身體朝我挪近，不懷好意地看向我。

「這個氣氛……怎麼回事？」止不住的笑意自眼角蔓延而開，琬茵笑得極為曖昧，「妳跟季晗進展得不錯嘛！」

面對琬茵的調侃，我的耳根驀地滾燙起來。

別開眼，我結結巴巴地反駁：「妳、妳別亂猜，什麼進展，我跟季晗只是朋友。」

「是、是，只是朋友——」琬茵刻意拉長尾音，並加深笑容。

我羞窘地翻開講義，試圖迴避琬茵灼人的目光。

耳邊這時響起教授的聲音，我的視線不自覺朝方才被季晗緊握的地方移去。

殘留在手腕上的餘溫，使我怦然不已。

急遽加速的心跳，恍若一批脫韁野馬，逐漸失控。

怎麼也緩不下來……

***

悠揚的歌聲迴盪於練唱室裡。

複賽前夕，抓緊時間，我馬不停蹄地練習。

深吸了口氣，正當我準備轉換高音時——

一道敲門聲打斷我的動作。

歌聲戛然而止。

隨著練唱室的前門被人推開，映入眼簾的，是道意想不到的身影。

祖銘學長的臉龐猝不及防闖進我的視線。

我驀然一驚，面露詫異，「祖、祖銘學長？」

「在練習啊？」闔上門，他逕自朝我走來。

拾起訝異的情緒，我頷首，「是啊，明天就是複賽，我想說再練習一下，維持感覺。」

複賽的指定曲為朴樹的〈平凡之路〉。
至於自選曲，掙扎許久，最終我還是選了王菲的〈匆匆那年〉。
見祖銘學長安靜，我忍不住問：「學長找我有什麼事嗎？」
「刺探敵情。」他莞爾，隨後道：「開玩笑的。其實也沒什麼事，星辰在隔壁練習，我就順便過來看看。」
「原來如此。」我豁然開朗，「以星辰學姊的實力，進入決賽絕對沒問題。」
「那妳呢？」祖銘學長冷不防反問：「妳想進入決賽嗎？」
我瞬間微愣，尷尬一笑，「沒有人不想進決賽吧？」
祖銘學長沒有說話，而是仔細凝視著我。
焦灼的目光使我不自覺別開眼，困窘不已。
沉寂半晌，祖銘學長啟唇，一字一字說得緩慢：「——即使要付出代價？」
聞言，我渾身一震，心臟跳動得厲害。
睜圓眼眸，我驚愕地看向他，聲音劇烈顫抖，「……什麼意思？」
祖銘學長沒有回答，僅是聳肩，笑而不語。
片刻，他換了個話題，「對了，你們那組的活動企劃做得很好。」
聽到祖銘學長的聲音，思緒還停留在方才的我，猛然回神，「……喔、喔，謝謝學長。」
「能在短短一個晚上寫出這麼詳細的企劃，還真不簡單。」他唇角微彎。
面對祖銘學長的稱讚，我倏地怔住，神情納悶，「……學長怎麼知道我們只花一個晚上寫？」

「葉又嘉說的。」他回得雲淡風輕，「宣企組的人都知道這件事了吧？」

沒料到葉又嘉會將事情公諸於眾，聞言，我不禁錯愕。

發現企劃被刪除的那晚，葉又嘉沒有回覆訊息，而是到了隔天中午才回電。電話的另一端語氣慵懶。

葉又嘉解釋，前一晚聚餐她不小心喝多了酒，整個人昏昏沉沉，回到外宿後便休息了，沒注意到未接來電跟訊息。

在得知我跟季晗已將企劃修改完成並寄出後，葉又嘉先是道謝，但話裡隱約挾著責怪。彷彿是在指責我，應該更加謹慎才是。

抿了抿唇，我囁嚅開口，試探地問：「葉又嘉……有沒有說什麼？」

祖銘學長挑了挑眉，一派輕鬆，「女人間的碎嘴，沒什麼好聽的。」

儘管學長沒有明說，但從他的回答我便略知一二。

思及此，我的心驀地一沉。

耳邊再度響起敲門聲。

回眸一探，映入眼簾的，是星辰學姊的身影。

她輕倚在門邊，目光朝學長投來，「祖銘，吃飯了。」

「喔，好。」學長回應的同時，眼裡流淌著我不曾見過的柔和。

對此，我不禁訝異。

「舒毓琦，妳也趕快去吃晚餐。」星辰學姊這時看向我，催促道：「練習固然是件好事，但也要適度休息。」

我理解地頷首，「知道了，謝謝學姊的關心。」

「還有……」

星辰學姊的表情乍然湧現幾分掙扎。

僵持半晌，她朝祖銘學長道：「我有話想對舒毓琦說，你先到外面等我。」

縱然很細微，但我依舊察覺到，祖銘學長的眼底閃過一瞬的驚訝。

他沒有說話，僅是點頭，留下我跟星辰學姊獨處。

祖銘學長離開後，練唱室一片沉寂。

沉默在兩人之間橫亙而開，恍若一張無形的網，將我網羅，無法掙脫。

沉重的空氣使我難以喘息，悶得難受。

良久，星辰學姊慢慢啟唇，神色凜然，「舒毓琦，對妳而言，主唱這個位置非常重要嗎？」

面對學姊的疑問，我猝然一愣，沒有答聲。

急遽加速的心跳，擾亂了我的思緒。

見我安靜，星辰學姊再度出聲：「如果不是……我希望妳能放棄徵選。」

話聲落下的那刻，我倏地怔住。

震驚的情緒猶如漫天巨浪，鋪天蓋地朝我席捲而來。

……放棄？星辰學姊要我放棄徵選？

滿滿的驚愕佔據我的腦海，使我久久無法思考。

靜默片刻，我艱澀地開口，用著顫抖的聲音反問：「……為什麼？」

星辰學姊則是蹙起眉，欲言又止。

「不想放棄也沒關係，不過——」迎上我的視線，星辰學姊眼裡閃爍著堅定，「主唱這個位置，我一定會拿下。」

我還來不及反應，星辰學姊便轉身打開門，對著門外的祖銘學長道了句：「走吧。」

望著兩人逐漸遠去的背影，我不禁茫然。

盤旋在腦海裡的，盡是星辰學姊方才的那句話——

「主唱這個位置，我一定會拿下。」

揮之不去。

＊＊＊

複賽當天，表演地點位於綜合館的小禮堂。

由於演唱過程並未對外公開，即便是選手，也只能在後台靜待聆聽。

複賽開始前，所有選手齊聚在禮堂隔壁的休息室，等候通知。

環視周圍的對手，個個胸有成竹，勝券在握，我不禁緊張起來。

「妳的表情也未免太僵硬了吧？這可不是我認識的舒毓琦。」一旁的琬茵察覺到我的不對勁，彎起唇，輕捏了一下我的臉頰。

不得已，我只好勉強擠出一抹笑容，卻有些力不從心。

季晗見狀，忍不住莞爾，「現在不過是複賽，妳真要緊張，等決賽再來緊張也不遲。」

我頹喪地搖頭，自嘲道：「你還真看得起我，說不定我根本沒進決賽。」

相較於低沉頹靡的我，季晗倒顯得信心十足。

他加深笑容，徐徐開口，一字一字說得極其緩慢：「——我相信妳。」

聞言，我的心臟猛然一顫，耳根驀地滾燙起來。

短短四個字，看似簡單，卻挾著恍若巨石般的重量，沉沉的往心尖上壓去。

來自胸口的躁動，使我不自覺別開眼，不敢與季晗對視。

為了不讓季晗發覺我的異樣，於是我胡亂尋了個理由，急忙脫身，「比、比賽要開始了，我先去一趟廁所！」

季晗沒有說話，僅是頷首，琬茵則是笑得合不攏嘴。

來到廁所，望著鏡子裡滿臉通紅的自己，我不禁更加羞窘。

扭開水龍頭，我用水潑了潑臉龐。

冰涼的觸感，讓原本浮躁的情緒逐漸緩和下來。

不曉得為什麼，最近的我，總能輕易的被季晗擾亂思緒。

我煩悶地按了按眉心。

於此同時，透過鏡子的反射，眼角餘光注意到後方出現一道熟悉的身影。

視線交會的那一剎，滿滿的震驚在對方的臉上顯露無遺。

下一秒，她的神情陡然一變，取而代之的，是極致的厭惡。

「想不到妳也能進複賽啊？」蕭亭君的口氣還是一如往常的不友善。

我皺起眉，面露困惑，「妳怎麼在這？」

印象裡，蕭亭君並沒有報名壓軸表演的徵選。

「當然是來幫星辰學姊加油啊。」昂起下巴，她居高臨下地看著我，「順便來看看妳落選的模樣。」

面對蕭亭君的冷嘲熱諷，我沒有理會，而是抽了幾張面紙，拭去臉上的水珠。

見我安靜，蕭亭君雙手抱胸，再次挑起事端，「我好心提醒妳幾句，與其在這裡參加複賽，倒不如趕緊回去備份企劃，免得又要被同組成員說閒話。」

語落的瞬間，一股怨憤自心底油然升起。

想起企劃被刪除的事，那股怨憤從微小的火苗，遽然演變成熊熊烈火。

我氣憤地正要張口，質問蕭亭君真相時，腦海卻乍然響起季晗的聲音。

「妳的貿然行動，只會打草驚蛇，對事情有害無益。」

思及此，我壓下怒火。

「謝了，但我不需要假惺惺的提醒。」深吸了口氣，我加重語調，字字說得用力：「——因為特別作嘔。」

說完，我將面紙扔進垃圾桶，轉身就要離開。

正當我準備邁開步伐的那一剎，後頭突然傳來蕭亭君的聲音。

「壓軸表演的主唱，妳想都別想！」她拔高音調，語氣尖銳，「那個位置，是屬於星辰學姊的！」

聽到蕭亭君的宣示，我倏地一愣，回頭睨了她一眼。

四目相接的那刻，蕭亭君接著道：「我勸妳還是趁早放棄徵選比較好。」

只見她神情激憤，眼神無比認真。

對此，我不禁錯愕，沒有答聲。

蕭亭君則是快步掠過我，頭也不回地走出廁所。

＊＊＊

回到休息室，見我歸來，琬茵忍不住問：「妳怎麼去那麼久？剛剛工作人員來過，通知選手到後台準備。」

聞言，我猝然一驚。

原本還想跟他們分享蕭亭君的事，然而此刻，我只能將話嚥回喉嚨裡。

睜圓眼眸，我焦急地問：「什麼時候的事？」

思忖幾秒，琬茵回：「大概五分鐘前吧。」

環顧四周，我這才驚覺休息室裡的人少了大半。

方才進來時，佔據腦海的，盡是與蕭亭君的對話，以至於我沒注意到周圍的轉變。

匆忙向琬茵跟季晗道別後，我倉促地趕到後台。

現場氣氛一片從容，似乎還沒開始。

見狀，我不禁鬆了一口氣。

找到貼有自己號碼的置物櫃，打開櫃子，我從裡面拿出保溫瓶。

旋開瓶蓋，我將瓶口湊到唇邊。

正當瓶內的水即將觸碰到嘴唇的瞬間——

忽然，一股強勁的力道自右方傳來，將我狠狠的往左邊撞去。

突如其來的意外，使我猝不及防。

整個人就這麼狼狽地跌坐在地上，保溫瓶裡的水更是灑滿一地。

「抱歉、抱歉！我不是故意的！妳還好嗎？」

話聲落下的那刻，一張陌生的臉龐隨即映入眼簾。

只見對方一臉愧疚，然後伸出手，關切地問：「妳有沒有受傷？」

我輕笑著搖頭，「沒事，摔一跤而已，沒什麼大礙。」

「都怪我，走路不夠小心，沒注意到前面有人。」對方不斷道歉，語氣盡是自責。

於此同時，季晗的身影冷不防闖進我的視線。

四目相接的那一剎，他的眼底驀地浮現驚訝。

季晗急忙奔上前，一面攙扶著我，一面問：「怎麼回事？舒毓琦，妳要不要緊？」

「好得很，發生一點小意外罷了。」

在季晗的攙扶下，我順利起身。

看著他擔憂的神情，我忍不住莞爾，「放心，這不影響比賽。」

語落的瞬間，季晗如釋重負，緊繃的臉龐逐漸舒緩下來，「沒事就好。」

一旁的女生這時出聲：「我、我去通知工作人員來清理地板！」

待那女生走遠，我看向季晗，納悶地問：「話說回來，你怎麼在這裡？」

聽到我的疑問，他如夢初醒般的從口袋裡掏出手機，「妳的手機忘了拿。」

我先是微愣，隨後道謝，「謝了！剛才急著趕來後台，一時沒察覺。」

季晗揚起唇角，目光朝我手裡的保溫瓶移去，「妳的水都沒了，我幫妳拿去裝吧？」

面對他的提議，我怔了怔，然後搖頭，「不用了，這點小事，我自己來就行了。」

季晗卻十分堅持，「讓我幫妳吧。」

聞言，心跳頓時漏了一拍。

迎上他的視線，我感覺心臟劇烈顫動著。

躊躇片刻，敵不過季晗期盼的眼神，我只好答應，「那好吧，麻煩你了。」

接過保溫瓶，季晗淺笑了笑，轉身離開。

然而，季晗這一去，隔了許久都沒有回來。

隨著時間的流逝，我的心情逐漸變得忐忑不安。

直到第一位選手準備出場表演時，一位工作人員這才匆忙跑到我面前。

他壓低聲音，朝問我：「妳是……舒毓琦對吧？」

我先是微愣，隨後頷首，「我是，怎麼了？」

對方遞給我一個曾未見過的水壺，解釋道：「這是一個叫季晗的男生要我轉交給妳的。」

一股疑惑自心底油然而生。

儘管納悶，我依舊接過工作人員遞來的水壺，並微笑致謝，「謝謝。」

「不客氣，祝妳比賽順利。」對方比了個加油的手勢，便轉身繼續手上的工作。

看著手裡陌生的水壺，我不禁皺起眉。

困惑之際，貼在水壺側邊的便利貼引起我的注意。

撕下便利貼，定睛一看，幾行潦草的字跡隨即映入眼簾。

「飲水機壞了，來不及出去買。不嫌棄的話，我的先借妳。」

讀完訊息，我瞬間豁然開朗，理解季晗遲遲沒有回來的原因。

握緊水壺，我揚起唇角，內心驀地蕩起一絲暖意。

進入複賽的選手共有十位。

我的表演次序為第七位，星辰學姊則是第四位。

輪到星辰學姊演唱時，儘管坐在後台，我依舊清楚地感受到，那股驚人的震撼力。

學姊的自選曲為蘇運瑩的〈野子〉。

無論是副歌的爆發，抑或是高低音的轉換，星辰學姊的處理堪稱完美。

隨著表演結束，此起彼落的議論聲紛紛響起。

「太厲害了！不愧是梁星辰！」

「這個實力穩進決賽吧？」

「豈止決賽？我看主唱的位置十有八九是她。」

「雖然很不甘心，但如果是梁星辰，我輸得心服口服。」

無數的誇讚不絕於耳。

於此同時，坐在我前面的女生突然開口：「我記得去年壓軸表演的主唱，原本是梁星辰？」

她隔壁的女生則是頷首，「是啊！雖然替補歌手表現得也不錯，但還是差了一點。」

聽到她們的對話，我倏地一怔，面露震驚。

「……星、星辰學姊是去年壓軸表演的主唱？」

當我回過神時，這才驚覺話已脫口而出。

其中一個女生蹙起眉，神情納悶，「咦？妳不知道嗎？去年音樂祭的時候，要不是梁星辰剛好生病，無法登台，否則演唱的人原本是她。」

我沒有說話，而是愕然地看著她。

見我沉默，那女生感到莫名其妙，於是扭頭繼續跟旁邊的女生聊起天來。

當星辰學姊表演完畢時，不僅前台響起熱烈的掌聲，後台更是鼓掌不斷。

我呆愣地跟著拍手，思緒還停留在方才的對話。

「要不是梁星辰剛好生病，無法登台，否則演唱的人原本是她。」

原來星辰學姊是去年壓軸表演的主唱……

驚愕的情緒佔據我的腦海，使我久久無法思考。

得知這項事實的我，感到錯愕不已。

「請七號選手準備出場。」

工作人員的聲音將我的思緒拉回現實。

聞言，我如夢初醒般地站起身。

腳步經過星辰學姊時，她用著不冷不熱的目光瞥了我一眼。

隨著前一位選手演唱結束，我慢步走向舞台的中心。

一股劇烈的不安自心底油然而生。

恍若一塊巨石，重重地壓在心上，沉得讓人喘不過氣，幾近窒息。

攥緊拳頭，在評審團的注視下，我戰戰兢兢地鞠躬。

評審團分為兩區。

其中一區由各社團的代表組成，包含社長、副社長，以及教學長；另一區則為各社團的顧問老師，資歷深厚。

與Jason老師視線交會的那刻，他揚起唇角，示意加油。

我先是微愣，隨後輕哂，向前邁了一步。

手指撫上麥克風的那一剎，原先籠罩在內心的緊張跟焦躁，倏地煙消雲散。

此刻，我的心境猶如雨過天晴般，明亮燦爛。

伴隨〈匆匆那年〉前奏的響起，握緊麥克風，我抿了抿唇，深吸了口氣——

從相愛到相離。

從相互廝守到漸行漸遠。

〈匆匆那年〉的每一個字、每一個音，蘊含了對逝去感情的眷戀跟遺憾。

沉浸在旋律之中的我，彷彿經歷了一場刻骨銘心的戀愛。

隨著第一首歌結束，緊接而來的，是指定曲〈平凡之路〉。

〈平凡之路〉雖然沒有過於艱難的轉折跟技巧，情感卻十分飽滿。

對我而言，整首歌的旋律像是灰藍中摻雜一抹白，帶點憂愁、帶點溫暖。

走過迷茫、走過徬徨，然後振作。

當最後一個音落下的瞬間，我闔上眼，深陷而無法自拔。

台下先是一片靜默，半晌，耳邊響起如雷貫耳的掌聲。

我驚訝地睜開眼。

只見Jason老師頻頻頷首，臉上流露著滿滿的讚許。

對此，我忍不住莞爾。

再次鞠躬後，我心滿意足地步下舞台。

＊＊＊

複賽結束後，我提著背包走進休息室。

見我歸來，琬茵立刻奔上前。

她欲言又止地看著我，掙扎片刻，最終還是開口：「怎麼樣？比賽還順利嗎？」

琬茵的表情盡是掩藏不住的緊張跟焦慮。

「這個嘛……」

面對她的疑問，我故作消沉地垂下肩膀。

下一秒，我彎起唇角，笑得燦爛，「還算順利吧！」

聽到我的回答，琬茵先是微愣，隨後憤然拍了一下我的手臂，「舒毓琦！妳耍我啊？」

止不住的笑意自眼角蔓延而開，我連忙道歉。

琬茵忍不住扁嘴，「心寒啊！虧我還替妳提心吊膽的，沒想到妳居然這樣對我。」

說完，她接連又打了幾下，這才消氣。

視線這時投向季晗，四目相接的那刻，他揚起唇角。

「盡力了嗎？」他輕聲問。

我不假思索地頷首。

他則是加深笑容，「盡力就好。」

看著季晗的臉龐，腦海乍然浮現便利貼的事。

思及此，我趕緊從背包裡拿出水壺，並遞向季晗。

「對了，這個。」伸出手，我淺笑，「謝謝你的水壺。」

話聲落下的那一刹，我注意到季晗的眼神驀地一黯。

他沒有回話，僅是默默接過水壺，不發一語。

對此，我不禁感到納悶。

疑惑之際，季晗突然出聲：「舒毓琦，我有話想單獨跟妳說。」

見他神色認真，我瞬間怔住。

琬茵似乎沒有察覺到季晗的異樣，僅是曖昧一笑，輕拍我的肩膀，「別說我沒有幫妳，你們慢慢聊，我先回外宿了。」

琬茵迅速提起背包，簡單道別後，便轉身離開。

待琬茵離去後，季晗斂下眼，徐徐開口：「抱歉，對妳說了謊，其實飲水機根本沒壞。」

聽到他的道歉，我微愣，沒有說話。

季晗這時從他的背包拿出我的保溫瓶。

「舒毓琦。」他神情嚴肅，並加重語調，說得極其緩慢：「——這裡面的水有問題。」

聞言，我渾身一僵，面露驚訝，「……什麼意思？」

旋開瓶蓋，季晗將保溫瓶遞向我，「妳自己聞聞看。」

我先是狐疑地看著他，躊躇片刻，最終還是伸出手，接過保溫瓶。

指尖碰觸到杯壁的瞬間，我的心臟猛然一震，手指則是不由自主地顫抖起來。

懷著忐忑不安的心情，我朝保溫瓶裡嗅了幾下，卻毫無收穫。

「……什麼都沒有啊？」對此，我不禁皺起眉，感到納悶。

季晗的眼底映著堅持，「妳再仔細聞一下。」

儘管疑惑，我依舊照著他的話，將瓶口朝鼻子湊近了些。

一股隱約的香氣這時自瓶內逸出。

我猝然一驚，語氣挾著不確定，「……好像有股水果的香味？」

「嗯，沒錯。」季晗頷首，隨後又問：「妳知道那是什麼嗎？」

思忖半晌，我茫然地搖頭，毫無頭緒。

季晗沒有立刻回答，而是專注地凝視著我。

他的目光自始至終都定格在我身上，沒有移開。

滿滿的猶豫跟掙扎，在季晗的表情上顯露無遺。

隨著氣氛陷入寂靜，沉默在兩人之間橫亙而開。

此時的氛圍變得極其沉重，恍若一塊巨石，重重地壓在心尖上。

很沉、很悶，難受得讓人快要喘不過氣，幾近窒息。

沉寂許久，季晗慢慢啟唇，「如果我沒猜錯的話，摻雜在水裡的……」

我屏息地看向他，心臟顫動得劇烈。

季晗放慢語速，一字一字，特別強調：「——是清潔劑。」

話聲落下的那刻，我感覺呼吸驀地一滯。

時間彷彿在這一剎靜止般，忘了流動。

周圍的喧囂忽然沒了。

整個世界安靜得只剩下我的心跳聲。

猶如雷鳴般，震耳欲聾。

睜圓眼眸，我不敢置信地望著季晗。

震驚的情緒佔據我的腦海，使我久久無法思考。

良久，我艱澀地開口，語帶沙啞，「……你是說……有人在我的保溫瓶裡加了清潔劑？」

面對我的疑問，季晗的臉色倏地一沉，「我也希望我的猜測是錯的，為此，我還嚐了一口驗證。但保溫瓶裡的水確實不太對勁，苦中帶澀的香精味，跟清潔劑的特性十分相似。」

聞言，我猝然一驚，焦急如焚，「季晗，你瘋了嗎？居然還親自嚐了一口，要是出事怎麼辦？」

他斂下眼，目光似水，「比起我，我更擔心出事的人是妳。」

季晗的聲音很輕、很柔，可每一個字、每一個音，卻重重地擊在我的心上，強勁有力。

捏緊衣角，我抿了抿唇，戰戰兢兢地開口：「如果……當時的我喝下去，會怎麼樣？」

「那妳可能就不用參加複賽了。」季晗的眼眸驀地蒙上一層黯淡，「先不說其他地方，光是喉嚨，幸運一點是沙啞，嚴重的話則是灼傷，無論結果是哪個，這歌是註定唱不好了。」

聽到他的回答，我渾身一震，神情錯愕。

停頓幾秒，季晗接著道：「而且對方的性格比我想得還要狡詐，這款清潔劑的氣味不重，不仔細聞還真未必能察覺。」

我沒有說話，而是睜圓眼眸，驚愕不已。

一股懼怕這時自心底油然升起。

恍若一絲火苗，迅速蔓延，遍及全身，最終演變為熊熊烈火。

「……誰……是誰……」我驚駭地看著季晗手裡的保溫瓶，聲音劇烈顫抖，「……究竟是誰，為什麼要這樣對我？」

語落那刻，我感覺四肢一陣癱軟，眼眶逐漸熱了起來。

季晗則是蹙起眉，眼底映著擔憂，「舒毓琦……」

腦海乍然浮現表單被鎖起來的畫面。

先是壓軸表演的報名表單，然後是保溫瓶裡的水……

從初選到複賽，重重阻撓，對方的意圖十分明顯——

那便是不讓我參加徵選。

意識到這點，我不禁攥起拳頭，悲痛欲絕。

「……報名表單被鎖，我忍了；活動企劃被刪除，我也忍了……」

隨著語氣愈來愈激動，我不自覺拔高音調。

那股潛藏在內心深處的激憤，猶如被劇烈搖晃過的汽水，宣洩而出——

「可我萬萬沒想到，對方居然會卑劣到在我的保溫瓶裡加入清潔劑！」

我氣得渾身發抖。

悲憤的情緒恍如漫天巨浪，鋪天蓋地朝我席捲而來，將我的理智淹沒。

我歇斯底里地抱著頭，忍無可忍地大吼：「為什麼？究竟是為什麼？我做錯了什麼嗎？只為了不讓我出場表演？」

濃濃的酸楚自鼻頭傳來。

將臉埋進掌心，我用著近乎氣音的音量，哽咽道：「……我只是想好好唱歌而已啊……為什麼要這樣對我……」

說到這裡，我再也克制不住地流下淚。

沉重的無力感宛如黑洞般，將我吞噬殆盡。

悲慟之際，一股溫熱自頭頂傳來。

恍如一道暖流，流進心坎，撫平我的傷痛。

我倏地僵住，全身的血液彷彿凝固般，驚愕不已。

我愣怔地抬起眸，映入眼簾的，是季晗憂心忡忡的臉龐。

他輕撫著我的頭髮，動作無比溫柔。

好似怕傷著我般，小心翼翼。

視線交會的那一刻，季晗急忙抽回手，語氣生硬，「那、那個，我想說這麼做，或許妳會好一點……我沒什麼安慰人的經驗，所以、所以……」

下一秒，季晗擰起眉，神色懊惱。

「如果妳覺得不舒服，我向妳道歉！」

見他驚慌失措，我先是微愣，隨後破涕為笑。

原先籠罩在內心的巨大烏雲，隨著季晗的這番話，逐漸散去。

一縷陽光這時自厚重的雲層中透出，照亮我陰鬱的世界。

半晌，待情緒平復下來後，我揚起唇角。

「謝謝你，季晗。」我淺笑了笑，「還有，我不覺得討厭。」

聞言，季晗的表情明顯一愣，緊繃的臉龐慢慢舒緩開來。

他目光柔和，溫煦一笑，「那就好。」

話聲落下的那一剎，我的心臟猛然一震。

來自胸口的躁動，使我的呼吸逐漸紊亂起來。

半晌，斂去笑容，季晗的神情變得極為嚴肅，「舒毓琦，我有件事想問妳。」

對於他的轉變，我不禁微怔，納悶地問：「什麼事？」

季晗欲言又止地看著我，掙扎許久，最終還是慢慢開口：「事情都發展到這個地步了，妳還是堅持要參加徵選嗎？」

面對他的疑問，我猝然一驚，沒有答聲。

「這次是清潔劑，下次是什麼，我不敢想。」他斂下眼，神色黯淡，「舒毓琦，我擔心——」

打斷季晗的話，我深吸了口氣，眼神堅定，「——如果真的進入決賽，我還是會繼續比。」

聽到我的回答，季晗的眼底閃過一絲震驚。

捏緊衣角，我抿了抿唇，徐徐道：「我承認，今天的事讓我非常害怕，甚至起了逃避的念頭。選擇退賽或許能避免這些災難的發生，但仔細一想，這不就是對方期望的嗎？」

咬緊牙，我憤然地攥緊拳頭。

「季晗，我不甘心！我真的很不甘心！憑什麼我得犧牲自己的夢想，去成全那種卑劣的人？對我而言，退賽換來的平靜，不過是苟且偷生罷了。」

迎上他的視線，我加重語調，一字一字說得堅決：「這種日子，我寧可不要！哪怕會遍體鱗傷，我也跟對方奮戰到底！」

季晗微愣，沒有說話。

片刻，他彎起唇角，無奈一笑，「妳還真頑強。」

「如果只有我一個人，我可能還不敢這麼做。」我加深笑容，「可是我知道，你一定會站在我這邊。」

我輕喃：「——是你給我的勇氣，季晗。」

語落的瞬間，季晗先是一怔，隨後柔笑了笑，「無論發生什麼事，我都會陪在妳身邊。」

聞言，我忍不住莞爾。

唇邊的笑意，則是隨著這句話，驀地深了幾分。

＊＊＊

初春來臨，遍地春暖花開。

嫩芽在枝頭上悄然綻放，整座城市生機盎然。

歷經兩週的評選，複賽結果終於出爐。

看完決選名單，季晗皺起眉，憂喜參半。

縱然憂心，他還是彎起唇角，向我祝賀，「舒毓琦，恭喜妳。」

「都是你的功勞。」揚起笑容，我滿懷感激道：「若不是你發現保溫瓶裡的水有問題，我可能連歌都唱不了，更遑論決賽。」

面對我的道謝，季晗難為情地別開眼，另闢話題，「什麼時候決賽？」

回想通知信裡的日期，我答道：「兩個禮拜後。」

他面露驚訝，「這麼快？」

我猜測，「可能是音樂祭要到了，得加緊徵選的腳步。」

季晗理解地頷首，隨後淺笑，「加油。」

聞言，我不禁莞爾。

＊＊＊

宣企組開會結束後，眾人各自散去。

季晗因為明天還有報告，便先行離開。

收拾好東西，正當我準備踏出教室的那一刹，一道聲音喊住了我——

「舒毓琦。」

我隨即停下步伐，回眸一探。

映入眼簾的，是祖銘學長的臉龐。

他一面朝我走來，一面問：「要回去了？」

我搖頭，「還沒，想說去流唱社一趟。」

聽到我的回答，祖銘學長嘴角微彎。

「是嗎？那正好。」他將手裡厚厚一疊的紙張遞向我，「這些，麻煩幫我拿給星辰。」

接過那疊紙，我不禁好奇，「這是什麼？」

祖銘學長倒也沒隱瞞，直接回道：「音樂祭的財務收支。」

聞言，我心一驚，連忙將資料壓好。

原本還想窺探幾眼的念頭，倏地煙消雲散。

彷彿看穿我的心思般，祖銘學長似笑非笑，「其實內容也沒什麼，妳真好奇，可以翻開看一下。」

「不用了。」我不假思索地拒絕，「我會幫你轉交給星辰學姊。」

他沒有繼續說下去，僅是聳肩，「謝了。」

握緊手中的資料，我轉過身，卻發覺祖銘學長佇立在原地，沒有移動。

他的視線自始至終都停留在我身上，未曾移開。

對此，我不禁疑惑，「學長還有事嗎？」

面對我的疑問，祖銘學長擰眉，「嗯？沒有啊。」

我微愣，困窘地解釋：「喔……那、那個，我想說你一直盯著我，是不是還有其他事情要交辦……」

我搔了搔頭，尷尬一笑，「沒有就好。」

祖銘學長沒有答聲，但我卻注意到，他唇邊的笑意驀地深了幾分。

來到流唱社社辦前，正當我準備敲門的那一剎——

忽然，社辦裡傳來星辰學姊的聲音。

「——我承認，我確實很羨慕舒毓琦。」

聞言，原本正要敲門的手倏地一僵。

我震驚地抬起頭，這才驚覺社辦的門沒有關緊。

內心彷彿有個天秤，不斷擺晃。

躊躇許久，按捺不住心裡的好奇，最終我還是向前邁了一步，將臉湊向門縫。

透過縫隙，星辰學姊的身影隨即映入眼底。

而正在跟學姊對話的，是子默學長。

「雖然她的唱功跟技巧都不及我，但舒毓琦擁有我沒有的一點——」星辰學姊斂下眼，「那便是情感的渲染力，這也是最重要、最為關鍵的一點。」

她重重地吐了口氣，停頓幾秒，星辰學姊繼續道。

「Jason老師說得沒錯，舒毓琦總是能輕易地引起聽眾的共鳴，她的歌聲蘊含豐沛的情感，這是我唱了這麼多年來，始終做不到、也是唯一做不到的事。憑藉這項優勢，舒毓琦輕鬆通過初選、複選，直闖決賽。」

說到這裡，星辰學姊的表情逐漸凝重起來。

「說不定……舒毓琦會是最後勝出的人選，並成為壓軸表演的主唱。」

她的聲音很輕、很輕，卻摻雜著濃濃的失落跟絕望。
語落的那刻，子默學長皺起眉，神色擔憂。
「星辰……」他欲言又止，遲疑幾秒，最終還是開口：「怎麼說妳也是去年的主唱，要不是生病——」
「夠了！別再提起那件事了！」打斷子默學長的話，星辰學姊突然抱住頭，歇斯底里地大吼：「直到現在我還是恨透了自己！我好恨！我真的好恨！」
她緊緊揪住自己的頭髮，情緒激動，近乎崩潰，「耗費那麼多的時間、投注那麼多的心力，好不容易才成為壓軸表演的主唱，結果呢？連簡單的健康管理都做不好，我有什麼資格站上舞台？又有什麼資格擔當主唱的位置？」
星辰學姊踉蹌地退了幾步，險些跌倒。
幸虧子默學長及時上前攙扶，這才避免意外的發生。
子默學長眉頭深鎖，憐惜地望著星辰學姊。
「這不是妳的錯，星辰。」輕撫她的背，子默學長加重語調，一字一字說得用力，「真的不是妳的錯。」
「怎麼不是我？」她淒涼一笑，「如果我能早點把企劃趕出來，就不用熬夜，更不會病到無法登台演出。」
子默學長沒有說話。
滿滿的不捨跟心疼在他的臉上顯露無遺。
目睹全程的我，驚愕地屏住呼吸。

這還是我第一次見到如此失控的星辰學姊。

向來冷靜沉著的她，居然也有這一面。

對此，我不禁睜圓眼眸，錯愕不已。

於此同時，社辦裡再度傳來星辰學姊的聲音。

「……算了，我先去練唱室練習一下。」她搖搖晃晃地邁開步伐。

子默學長急忙跟上前，憂心忡忡地問：「我陪妳去吧？」

星辰學姊則是搖頭，並伸手阻攔，「不用了，我想單獨靜一靜，順便沉澱心情。」

「星辰……」子默學長的眼神依然不放心。

但星辰學姊沒有理會，而是逕自朝門的方向走來。

見狀，我心一驚，趕緊躲到附近的轉角。

當學姊踏出社辦時，我深吸了口氣，若無其事的從轉角彎出。

目光交會的瞬間，我感覺呼吸驀地一滯，心臟則是劇烈顫動了一下。

星辰學姊見到我，眼眸微瞠，但很快的便恢復原樣。

我連忙擠出一絲笑容，故作巧遇，「星辰學姊！」

她面無表情地看著我，眼眶微紅，「怎麼了？」

將手中的資料遞向她，我回道：「這是祖銘學長要我轉交給妳的。」

星辰學姊納悶地蹙起眉，接過那疊紙。

迅速翻了幾頁後，她的神情豁然開朗，「謝謝。」

「哪裡，舉手之勞而已。」我淺笑了笑。

星辰學姊沒有說話，而是握緊手裡的資料，快步離開。

就在星辰學姊即將轉彎時，我忍不住大喊：「學姊！」

對方原本正在前行的腳步倏地一頓。

星辰學姊回過頭，視線朝我投來，面露狐疑。

捏緊衣角，掙扎片刻，我慢慢啟唇：「我真的……很敬佩學姊，一直以來，妳都是我追逐的目標。」

只見星辰學姊神色冷漠，也不拐彎抹角，單刀直入地問：「妳想說什麼？」

攥緊拳頭，緊張的情緒乘著汗水，從掌心涔涔滲出。

抿了抿唇，我深吸了口氣，鼓起勇氣道：「——無論決賽結果如何，我都希望能跟學姊和平相處。」

話聲落下的那一剎，星辰學姊的眼底驟然閃過一絲震驚。

她別開眼，表情複雜。

沉寂半晌，星辰學姊開口：「我本來就沒有跟妳交惡的理由。」

不等我回答，她逕自轉身離去。

留下我，佇立在原地，兀自驚訝。

待星辰學姊走遠後，一道聲音冷不防從背後響起。

「毓琦。」

我猝然一驚，隨即回眸。

映入眼簾的，是子默學長的臉龐。

他揚起唇角，「妳現在有空嗎？我有話想跟妳聊聊。」

腦海這時浮現方才他跟星辰學姊對話的畫面。

躊躇片晌，最終我還是頷首答應。

走進社辦，關上門的那一瞬，子默學長的聲音隨之落下，「毓琦，妳聽到我跟星辰的對話了吧？」

面對他的質問，我微怔，還來不及回應，子默學長接著道。

「——所以，妳才會對星辰說那些話，對吧？」

被他這麼一問，我頓時語塞。

原本還想裝傻帶過的念頭，瞬間被抹煞而去。

低下頭，我吶吶地回：「抱歉，我不是有意要偷聽。」

「我沒有怪妳的意思。」子默學長嘆了口氣，「倒是有件事想拜託妳。」

迎上他的視線，我好奇地問：「什麼事？」

子默學長的臉佈滿了猶豫。

遲疑半晌，他慢慢開口：「——毓琦，能不能請妳放棄決賽？」

聞言，我渾身一震，不敢置信。

子默學長的眼眸倏地蒙上一層黯淡，隨後解釋：「剛才的對話妳也聽到了，這一年來，星辰一直都很懊悔，懊悔去年的自己，因為生病無法出演。音樂祭的工作人員向來只收到大三，今年是星辰最後一個機會，錯過這次，她就只能抱著遺憾畢業。」

說到這裡，子默學長激動地看著我，目光懇切，「求求妳了，毓琦！我不想再看見星辰後悔的模樣！能不能拜託妳放棄徵選？妳還有明年，但星辰只剩下今年了啊！」

對於子默學長的請求，我沒有說話。

整顆心彷彿被人給緊緊捏住般，疼得泛淚。

隨著兩人陷入沉默，氣氛一片死寂。

恍如一條靜止的河流，再也激不起半點浪花。

沉寂良久，捏緊衣角，我慢慢啟唇。

「——對不起，子默學長。」我加重力道，將衣服捏得更緊，「我不能答應你。」

聽到我的回答，子默學長先是微怔。

片刻，他猛然回神，激動地問：「為什麼不能？舒毓琦，妳還有明年啊！妳可以參加明年的徵選！所以拜託妳，今年的徵——」

打斷子默學長的話，我搖頭，「有兩個原因，第一，入圍決賽的選手有三位，即便我退賽，也無法保證星辰學姊一定拔得頭籌；第二，我不想冒險，未來的事誰也說不準，除非子默學長能確保我成為明年壓軸表演的主唱，那我就退出。」

我直直地盯著他，問：「這一點，學長做得到嗎？」

面對我的疑問，他一時啞然。

「你可以說我自私、說我過分，我都接受，但我實在不想拿著好不容易爭取到的機會，去賭一個沒有保障的未來。以星辰學姊為例，她是去年壓軸表演的主唱，但從你們的態度來看，似乎也無法確保她就是今年的主唱。」

「即使最後勝出的人是星辰學姊，我也能坦然接受，因為我努力過了，只是結果不如期待。我不想讓自己活在遺憾裡，你說你不想再看到星辰學姊後悔的模樣，我何嘗不想看到自己悔恨的樣子？」

子默學長依舊安靜，表情卻無比沉重。

他斂下眼，輕輕地問了句：「無論如何，妳都不願放棄？」

攥緊拳頭，深吸了口氣，我堅決地頷首，「是。」

「是嗎？我知道了。」子默學長一臉頹然，「抱歉，對妳提出這麼奇怪的請求。」

我有些於心不忍。

周遭的氛圍猶如一塊巨石，重重地壓在心上，沉得讓人喘不過氣。

對此，我忍不住開口：「子默學長，沒有其他事的話，我先走了。」

他沒有看我，僅是回了個單音：「嗯。」

臨走前，我擔憂地望向子默學長。

懷著愧疚的心情，我壓下門把，然後離開。

***

再過三天便是決賽了。

我快步來到流唱社，想著抓緊時間，加快腳步練習。

然而，兩間練唱室卻是一片黑暗，大門緊鎖。

對此，我不禁皺起眉。

依照流唱社的規定，只要事先預約好練唱室，在預約時間的前半小時便會有人幫忙開門。是忘了嗎？

懷著疑惑的心情，我走向社辦，想詢問子默學長跟星辰學姊怎麼回事，並請他們開門。

步伐停留在社辦前。

輕敲了兩下門，無人回應。

再敲了兩下門，依舊沒有回應。

對此，我更加納悶了。

正當我準備壓下門把，測試社辦是否有鎖時——

忽然，社辦的門被人給打開。

一道意料之外的身影猝不及防闖進我的視線。

目光交會的那刻，我面露訝異，「Jason老師？」

Jason老師眼眸微瞠，話裡盡是掩藏不住的驚訝，「……毓琦？」

「老師怎麼在這裡？」我感到好奇。

「我跟子默，還有星辰約好要討論社課的事。」他解釋，隨後搔了搔頭，尷尬一笑，「只是……不曉得是我記錯時間，還是他們遲到，我在社辦等了二十分鐘，至今都還沒見到兩人的身影。」

「咦？沒有對話記錄可以確認嗎？」

「我們是口頭說好，所以無從查證。」他苦笑，接著問：「毓琦呢？來社辦有什麼事嗎？」

「喔……」我苦惱地回：「練唱室的門沒開，我想說來請子默學長或星辰學姊幫忙。」

聽完我的回答，Jason恍然大悟地頷首。

側過身，他讓出一條通道。

「要不要進來坐著一起等？」他瞥了眼手錶，猜測道：「他們應該是去吃飯，這個時間也差不多該回來了。」

面對Jason老師的提議，思忖幾秒，最後我點頭，步入社辦。

關上門的那一剎，Jason老師的聲音隨之落下，「決賽準備得如何？」

「嗯……有幾個音總是卡住，發不太出來。」我面露困擾，並嘆了口氣。

決賽的表演曲目一共有兩首。

與複賽不同，決賽的表演曲都是指定曲，不再有自選。

這個規定有好有壞，好處在於不需要耗費太多時間在選曲，缺點則是無法選擇較符合自己風格的歌曲，發揮受限。

聽到我的煩惱，Jason老師一臉詫異，好奇地問：「哪幾個音？」

於是我將自己遇到的問題告訴了Jason老師。

Jason老師聽完，忍不住輕哂。

他指向前方，「毓琦，妳站在那邊唱一下有問題的那段。」

我感到納悶。

儘管疑惑，我還是按照Jason老師的指示，來到距離他約莫一公尺遠的位置。

他看著我，先是點頭，接著道：「對，然後側身。」

我狐疑地向左轉。

見Jason老師再次頷首，我深吸了口氣，慢慢地唱起歌。

當歌聲來到其中一個音時，我感覺喉嚨一緊，原本飽滿宏亮的聲音，倏地消弱幾分。

乍聽之下，似乎沒什麼太大問題。

但身為演唱者，我清楚地感受到其中的差異。

注意到歌聲之間的變化，Jason老師蹙起眉，視線朝我筆直投來。

「毓琦，妳的背。」褪去唇邊的笑意，Jason老師的表情瞬間變得極為嚴肅，「這邊，要再挺直些，肚子則是用力。」

他指著自己的背脊，示範道。

聞言，我點頭，並依照Jason老師的指示，稍微調整姿勢。

然而Jason老師依舊眉頭深鎖，頻頻搖頭。

「不對、不對。」他又指了一遍相同的地方，重複道：「是這裡。」

面對Jason老師的糾正，我再度調整姿勢，卻似乎不太成功。

不得已，Jason老師只好起身，朝我走來。

他將雙手輕放在我的肩上，向後微微一扳。

伴隨他的動作，我不自覺挺直背脊。

Jason老師這時出聲：「妳再唱一次剛剛那段。」

面對Jason老師的指示，我頷首，隨後深吸了口氣，緩緩啟唇。

當旋律再次來到方才出錯的音時，原本梗在喉裡的氣，隨著姿勢的改變，順利脫口。

對此，我忍不住睜亮眼眸，驚喜不已。

「成功了……我成功了！Jason老師！」我興高采烈地看向他，語氣盡是掩藏不住的狂喜。

Jason老師沒有說話，僅是莞爾。

「原來是這個姿勢，我記住了！」我滿懷感激地道謝，「謝謝老師！」

他揚起唇角，「決賽加油，我很看好妳喔，毓琦！」

聞言，我難為情地搔了搔頭，「說不想贏是騙人的，成為壓軸表演的主唱一直是我的夢想，但對手是星辰學姊，論唱功，她比我優秀；論資歷，她比還我深，眼下，我只希望比賽當天能發揮出最好的實力，不要出差錯，至於結果……」

我聳肩，輕笑了聲，「就聽天由命吧！」

Jason老師先是沉默，半晌，他徐徐開口：「確實，論技巧、論經驗，妳或許遜了星辰一截，但妳擁有星辰沒有的優點——」

他加重語調，一字一字說得極其緩慢：「那就是渲染力。」

語落的瞬間，腦海乍然浮現前幾日星辰學姊在社辦對子默學長說過的話。

「雖然她的唱功跟技巧都不及我，但舒毓琦擁有我沒有的一點——那便是情感的渲染力。」

渲染力……

當時星辰學姊也提到這點。

見我安靜，Jason老師道：「其實決賽的指定曲對星辰很不利。」

我微愣，面露訝異，「……什麼意思？」

躊躇幾秒，Jason老師慢慢開口：「複賽跟決賽的指定曲有個共同點，妳有注意到嗎？」

思量片刻，我蹙起眉，依舊納悶，「什麼共同點？」

「旋律。」他回，然後解釋：「決賽的指定曲旋律起伏不大，較為平穩，星辰的優點在於唱功跟技巧，她十分擅長處理旋律的轉折。」

說到這裡，Jason老師的眼底湧現幾分認真，「複賽的時候，星辰演唱的自選曲〈野子〉，確實驚艷了在場所有的評審，相較之下，指定曲〈平凡之路〉便相形失色，略顯普通。不是說星辰的音色不好，只是還不夠出色，不足以讓她在演唱旋律較為平淡的歌曲中脫穎而出。」

我沒有說話，而是震驚地望著Jason老師。

「並不是評審團刻意刁難星辰，而是今年壓軸表演的譜已經寫好了，我們只是根據表演的曲目，選了風格較為相似的歌作為判定依據。」Jason老師輕喃：「我們也想選出最適合那首歌的演唱者。」

捏緊衣角，我抿唇不語。

Jason老師這時露出笑容，「當然，我不是有意要偏袒誰，只是從客觀的角度去分析決賽對星辰的影響，無論最後是妳，抑或是星辰勝出，身為指導老師，我都非常驕傲！」

迎上Jason老師的視線，我理解地頷首。

於此同時，社辦的門被人給打開。

迎面而來的，是子默學長跟星辰學姊的身影。

目光交會的那刻，星辰學姊面露訝異，「Jason老師？舒毓琦？你們……怎麼在這裡？」

Jason老師不禁蹙眉，「我們不是約好六點半在社辦討論社課的事嗎？」

面對Jason老師的疑問，星辰學姊眼眸微瞠，「咦？不是七點半嗎？子默說是七點半……」隨著尾音落下，星辰學姊的視線朝子默學長投去。

子默學長神色慌張，「難道我記錯時間了？」

「沒事，人到就好。」Jason老師輕笑了聲，不再追究，「對了，你們要不要先處理毓琦的事？」

順著Jason老師的視線，子默學長這時朝我看來，好奇地問：「怎麼了嗎？毓琦。」

「呃……」沒料到話題會突然轉到我身上，我頓時有些尷尬，「……那、那個，不曉得為什麼，練唱室的門沒有開，我也沒有鑰匙，只好來找學長姊幫忙。」

「沒有開？」子默學長擰眉，「這禮拜是誰負責開門？」

星辰學姊的臉色倏地一沉，「——是亭君。」

子默學長面露震驚，「該不會——」

打斷子默學長的話，星辰學姊語氣堅定，「我已經跟亭君談過了，讓她別再去為難舒毓琦，她一定是忘了開。」

斂下眼，她喃喃道：「一定是忘了……」

子默學長沒有多言，而是走到旁邊的櫃子，拿出一串鑰匙。

「星辰你先跟Jason老師討論吧，我去幫毓琦開門。」

星辰學姊依舊不語，僅是安靜地點頭。

跟在子默學長後頭，我們來到練唱室前。

沿途一片寂靜，誰也沒有開口。

轉開門鎖，子默學長率先打破沉默，一臉歉容，「抱歉，亭君應該只是忘記，不是故意的。」

我則是淺笑，「沒關係，謝謝子默學長。」

說完，我轉過身。

邁開步伐的瞬間，身後忽然響起子默學長的聲音。

「毓琦！」

我倏地一僵，並停下腳步。

回過頭，我納悶地問：「怎麼了？」

他的目光緊鎖著我，寸步不移。

躊躇半晌，子默學長慢慢啟唇：「上次的事……妳真的不再考慮一下？」

我微愣，隨後別開眼，輕輕頷首，「嗯，我心意已決。」

「……是嗎？」他頹喪地垂下肩膀，眼神猶如深淵般黯淡。

片刻，子默學長揮了揮手，無聲道別。

望著他離去的背影，我不自覺捏緊衣角。

心恍若被針扎到般，有點刺、有點疼，隱隱作痛。

重重地吐了口氣，我關上練唱室的門。

眼看決賽即將到來，正當我以為所有事情都告一個段落時——

殊不知，這只是暴風雨來臨前的寧靜。

Chapter 04

決賽當天，現場瀰漫著緊張的氣氛。

當我從廁所返回休息室的途中，正巧在門外遇見祖銘學長。

視線交會的那刻，他眼眸微瞠，隨後揚起唇角，逕自朝休息室走去。

見到祖銘學長的笑容，腦海乍然浮現那日子默學長跟星辰學姊，在社辦對話的畫面。

皺起眉，我深吸了口氣，喊住正要進門的他：「祖銘學長！」

聽到我的聲音，他停下腳步，扭頭看向我。

我感覺心臟跳動得厲害。

捏緊衣角，我戰戰兢兢地啟唇，拋出內心的疑惑，「——那天，你是故意的，對吧？」

面對我突如其來的疑問，祖銘學長沒有答聲，卻也沒有太過意外。

僅是凝視著我，不發一語。

見他安靜，我加重語調，字字句句，說得用力，「上禮拜開完會，你要我把音樂祭的財務收支表轉交給星辰學姊，表面上是請我幫忙，實際上則是故意讓我撞見星辰學姊跟子默學長的對話，我猜得沒錯吧？」

祖銘學長依舊沉默，眼底卻驀地多了幾分笑意。

那天他將資料交給我後，非但沒有離開，反而笑盈盈地看著我。

當時的我便覺得奇怪，但也沒有深想，而是轉身離去。

半晌，祖銘學長開口，似笑非笑，「對，也不對，我確實是刻意讓妳替我轉交財務收支表給星辰沒錯，但我沒辦法確定妳會不會撞見她跟子默的對話。」

聞言，我倏地一愣，錯愕地問：「你……是不是早就知道他們談話的內容？所以才讓我去？」

祖銘學長笑而不語。

攥緊拳頭，我感覺聲音劇烈地顫抖，「……為什麼要讓我聽見？這麼做對你有什麼好處？」

面對我的質問，祖銘學長聳了聳肩，「是沒什麼好處。」

我驚愕，「那你——」

打斷我的話，祖銘學長輕哂，「我只是想讓妳明白，無論是我，還是子默，抑或是星辰，我們的內心都藏有一隻名為慾望的魔鬼，只是這隻魔鬼有沒有具體顯現出來罷了。妳所認為的好人，未必就是好人；妳所認定的壞人，也未必就是壞人。」

他向前邁了一步，輕附在我耳邊，輕喃道：「——保護自己最好的方法，就是誰也不要相信。」

話聲落下的瞬間，我渾身一震。

滿滿的震驚佔據我的思緒，使我無法思考。
祖銘學長加深笑容，揮了揮手，「希望這些話不會影響到妳待會比賽的心情，先走了。」
說完，他轉過身，揚長而去。
待祖銘學長走進休息室不久，季晗正好從不遠處迎面而來。
他手裡握著兩罐礦泉水，唇角噙著一絲淺笑。
儘管季晗認為，依照對方的習性，以及縝密的心思，應該不至於故技重施。
但有了保溫瓶的經驗，為求安全起見，決賽期間我只敢喝未拆封的茶水。
腳步停留在我面前，季晗將其中一罐水遞向我，嘴角微彎，「給妳。」
「……啊、謝謝。」我如夢初醒般地接過礦泉水，愣然地回。
察覺到我的不對勁，季晗忍不住問：「怎麼了？」
我怔怔地望向他，「……咦？」
他蹙起眉，語氣盡是擔憂，「我看妳臉色不太好，發生什麼事了？」
「我……」
我欲言又止地看著季晗。
躊躇片刻，抿了抿唇，最終我還是將方才的經過告訴了季晗。
敘述的過程中，我注意到他的臉色愈來愈黯淡，神情凜然。
語畢，季晗沒有回應，僅是沉默。
半晌，他輕輕吐了口氣，斂起緊繃的表情，然後揚起唇角，「舒毓琦，妳先專注在決賽上吧，別被影響了。」

季晗的聲音是那麼的輕、那麼的溫柔。

恍如一道暖流，慢慢地、無聲地流進我的心坎，緩解了所有的不安跟焦躁。

原本躁亂不已的情緒，隨著他的這些話，逐漸緩和下來……

攥緊拳頭，我用力頷首，隨後拍了拍臉頰，鼓舞道：「是啊！眼前最重要的就是決賽，我怎麼能被祖銘學長簡單的幾句話給影響了？」

於此同時，琬茵步出休息室，提醒道：「毓琦，比賽好像要開始了！」

「好。」我點頭，示意了解。

季晗的目光緊鎖著我，片刻，他柔聲道：「決賽加油。」

深吸了口氣，我燦笑，眼神堅定，「謝謝你，季晗，我會盡全力的！」

他沒有說話，唇邊的笑意卻這一刻深了幾分。

＊＊＊

跟複賽相同，決賽的表演地點位於綜合館的小禮堂。

我的演出順序是最末號，星辰學姊則是第一個登場。

在工作人員的指引下，星辰學姊不疾不徐地起身，慢步前進。

伴隨主持人的介紹聲，星辰學姊神色自若地步出後台，姿態優雅。

「好厲害……一點緊張的感覺都沒有。」當星辰學姊從我的視線消失的那一剎，另一名參賽的女生忽然開口，語氣盡是欽佩。

我淺笑，「這種場合對她來說，可能司空見慣了吧。」

那女生目光朝我投來，「作為梁星辰的對手，妳不害怕嗎？」

面對她的疑問，我先是微愣，隨後感到納悶，「為什麼要害怕？」

「梁星辰的實力，大家有目共睹，我怕自己能力不夠……相形見絀，成了笑話。」她的表情倏地湧現幾分頹喪，「眾人對她的期望也很高，有一種只有梁星辰成為壓軸表演的主唱，才是眾望所歸的感覺……」

說到這裡，她面容慘澹，「跟這種人相互競爭，老實說……壓力真的很大。」

聽完另名參賽者的內心話，我擰眉不語，氣氛一片凝重。

她的煩惱我不是無法理解，因為這種心情，我也曾有過。

是Jason老師的一席話，點醒了我每個人都有擅長與不擅長的地方。

再加上季晗跟琬茵的支持，讓原本毫無自信的我，一點一滴，慢慢地築起信心。

看著那個女生，我揚起唇角，「妳能入圍決賽，就表示妳有一定的實力，每個人都有自己的長處，星辰學姊的歌聲有她的優點，妳的歌聲自然有專屬於妳的過人之處，與其在這裡琢磨這些事，自尋煩惱，倒不如全力以赴，至少沒有遺憾。」

她沒有說話，眼底卻驟然閃過一絲驚訝，然後失笑。

「哪有人在賽前安慰對手的。」止不住的笑意自她的眼角蔓延而開，「其實妳可以不用理我。」

我莞爾，「我是很想成為壓軸表演的主唱沒錯，但我希望我勝出的原因是評審真的喜歡我的歌聲，而不是透過打擊對手取得勝利。」

腦海這時浮現複賽時保溫瓶的事，我的心頓時一沉。

聞言，那女生加深笑容。

兩首歌的時間轉眼而去，星辰學姊這時從另個方向返回後台。

星辰學姊演唱第一首歌時，我正好在與另名參賽者談話，沒有特別注意。

到了第二首歌時，隨著對話結束，我仔細聆聽星辰學姊的表演。

確實，跟之前複賽的〈野子〉，以及第一堂社課的〈像天堂的懸崖〉相比，星辰學姊的歌聲的確不如以往出色。

縱然演出十分完美，幾乎沒有錯誤，可也沒什麼特別的記憶點，或是驚豔的地方。

難道真如Jason老師所言，決賽的指定曲對星辰學姊很不利？

思忖許久，直到第二位選手表演結束時，我這才甩頭起身，朝登台處走去。

在主持人的介紹之下，我慢步踱出舞台。

腳步停留在舞台的中心，我微微鞠躬，接著右手輕覆上麥克風。

伴隨前奏的音樂響起，我闔上眼，試圖讓自己的情緒沉浸在旋律之中。

原先潛藏在內心深處的忐忑跟不安，此刻正逐漸消逝。

猶如佈滿陰天的烏雲，隨著燦陽的出現，慢慢散去。

深吸了口氣，當第一個音落下的瞬間，我猛然睜眼，隨後啟唇。

兩首歌的時間，雖然不是很漫長，卻也不算短，得以讓我暫時逃離現實的煩惱。

在這將近十分鐘的期間，沒有冠軍之爭、沒有主唱的爭奪、沒有遭人陷害的痛苦、沒有繁雜的困擾。

唯一有的，只有忘懷地歌唱。

將所有的心思、所有的感情，傾注於歌聲之中。

當最末一個音脫口的那一刻，我重重地吐了口氣，筋疲力盡。

台下先是沉寂半晌，隨後響起熱烈的掌聲。

視線這時朝Jason老師投去，只見他頻頻頷首，眼底盡是讚揚。

再次鞠躬後，評審們紛紛低頭動筆，似乎是在批閱分數。

片刻，待評審們評完分後，我致謝轉身。

於此同時，眼角的餘光注意到，其中一位評審將臉湊向隔壁評審的耳邊，竊竊私語。

「請等一下！舒毓琦同學。」

正當我準備邁開步伐的瞬間，一道聲音喊住了我，使我的動作驀地一滯。

回過頭，我發現出聲的是方才那位評審。

對此，我不禁愣住。

其他評審亦面露困惑。

他拿出手機，迅速按了幾下，接著遞向身旁的評審，讓那支手機在評審之間來回傳閱。

每個評審在看完手機後都做出相同的反應——時而瞥向螢幕，時而瞥向我。

彼此交頭接耳，議論紛紛。

期間，那位評審眉頭深鎖，神情凝重。

良久，他慢慢開口：「既然決賽已經結束，分數也評好了，這裡有件事想請問舒毓琦同學。」

見對方神色嚴肅，我忐忑地捏住衣角。

縱然疑惑，我還是戰戰兢兢地回：「評審請說。」

「抱歉，因為這件事涉及徵選的公平性，不得不問。」那位評審欲言又止，滿滿的猶豫跟掙扎在他的臉上顯露無遺，躊躇片刻，最終他還是啟唇：「——舒毓琦同學，冒昧請問妳跟Jason老師是否有超越指導老師與學生的關係？」

語落的剎那，我猝然一驚，渾身僵住。

心臟此刻劇烈顫動著。

瞠圓眼眸，我不敢置信地問，語氣生硬：「……什、什麼意思？」

Jason老師亦跟著出面，擰眉質問：「請問這是怎麼回事？」

那位評審將手機遞向Jason老師，目光轉向我，徐徐解釋：「網路有傳聞，妳跟Jason老師私下的互動過於親密，如果這件事屬實，我合理懷疑徵選的評斷標準可能摻雜個人情感，有失公正。」

聞言，Jason老師焦急地反駁：「這是造謠，我跟舒毓琦並沒有文章裡所說的超越師生的關係。」

話聲落下的那刻，此起彼落的討論聲迅速竄起。

現場一片混亂，鼓譟吵雜。

我沒有說話，而是震驚地看著眼前的一切，啞然失聲。

震驚的情緒佔據我的腦海，使我久久無法思考。

面對突如其來的指控，我有些猝不及防。

只能茫然地佇立在原地，手足無措。

＊＊＊

腳步才剛踏進休息室，琬茵隨即扭頭，然後匆匆起身，朝我奔來。

「不好了，毓琦！」美麗的眼眸映著滿滿的焦急，琬茵將手機轉向我，話裡盡是掩藏不住的慌張，「匿名平台的校版全是跟妳有關的文章！」

說完，琬茵滑動螢幕，畫面接連閃過幾篇標題相似的文章。

腦海乍然響起方才評審說的話——

「網路有傳聞，妳跟Jason老師私下的互動過於親密。」

思及此，一股劇烈的不安自心底油然升起。

隨著頁面進入內文，心裡的那份不安從微弱的火苗，轉為漫天大火。

我用著顫抖的食指，一點一點，慢慢地往下拉。

資工系、大二、流唱社、壓軸表演徵選。

儘管內文沒有指名道姓，但從這幾個關鍵字不難得知，當事人正是我。

而文章內容不外乎是在臆測我跟Jason老師的關係。

看到這裡，我渾身發抖。

空氣彷彿在這一刻變得極為稀薄，令人難以呼吸。

從心底滋長的恐懼恍如一張無形的網，不斷蔓延，將我牢牢攏住，無法掙脫。

捏緊衣角，我惶恐地盯著螢幕，震驚不已。

是誰……

究竟是誰，要這樣抹黑我？

下一秒，我發狂似的拚命往下拉，急欲找出率先發起的文章。

找到起頭的文章後，我迅速點開內文。

這一剎，我的胸口猛然一震。

心臟彷彿被人給緊緊捏住般，疼得厲害，快要掉淚。

「流唱社的顧問好像特別偏袒某個女生？聽說那女生最近還進了徵選的決賽呢！」

短短兩句話，看似簡單，卻引來大量的留言。

「求卦！哪個女生？」

「科系好像跟程式有關？我夢到的。」

「我知道！是大二的S女吧？老師對她超級好，好到我都忍不住懷疑他們之間的關係！」

除此之外，眾多留言中，還夾雜了一則發文者的留言。

對方貼了一張照片，然後附了句：關係好到可以搭肩？

當照片映入視線的瞬間，我猝然一怔。

畫面裡Jason老師雙手搭著我的肩，距離極為靠近。

這是……Jason老師替我調整姿勢的時候！

見狀，我驚駭地倒抽了口氣，不敢置信。

怎麼會……

當時社辦裡只有我跟Jason老師兩人，怎麼會有這種照片流出？

拍的人是誰？又是在哪裡拍的？

沒道理我跟Jason老師都沒發現吧？

我皺起眉頭，納悶不已。

見我安靜，一旁的季晗忽然出聲：「妳剛才進來休息室時臉色不太好，跟這件事有關嗎？」

沒料到季晗會注意到我的不對勁，我先是微愣，隨後點頭，將剛才評審質問的事全盤告訴了他們。

「到底是誰這麼沒品，在匿名校版上亂發文，抹黑毓琦！」下一秒，琬茵蹙起眉，面露狐疑，「話說回來，那張照片是怎麼回事？」

「那個啊……」歛下眼，我黯然地回：「決賽的歌有幾個音我老是唱不好，於是請Jason老師幫我看看問題出在哪，Jason老師說我唱歌的姿勢不對，試了幾次都不到位，不得已，他只好親自幫我調整……」

我抿了抿唇，聲音開始哽咽。

「原本Jason老師是好意幫忙……可誰知道，這個畫面居然被人給拍下來，甚至放到網路上……」我感覺喉嚨乾得發澀，一股濃濃的酸楚自鼻頭傳來，「明明當時社辦裡只有我跟Jason老師，到底是誰……拍了這種照片……」

悲傷的情緒猶如海浪般，鋪天蓋地席捲而來。

我感覺胸口一陣悶緊，眼眶微熱。

琬茵見狀，氣得替我打抱不平，「太過分了！究竟是誰惡意造謠！」

「事情果然還沒結束。」季晗的眼眸驀地蒙上一層陰鬱，神情凝重，「對方大概是想藉用輿論壓力，迫使舒毓琦退賽。」

聞言，我錯愕地望向他，語帶沙啞地重複：「……退、退賽？」

季晗頷首，徐徐解釋：「先是初選的報名表單，接著是複賽保溫瓶裡的清潔劑，再來是決賽的網路謠言，對方的目的非常明顯——就是逼妳退出徵選。」

停頓幾秒，他比了個二的手勢，繼續道：「眼下，徵選已經進入決賽環節，對方仍不斷壓迫，我推測有兩個原因：第一，對方十分厭惡妳，厭惡到不希望妳從徵選中勝出；第二，妳的退賽能帶來好處跟利益，如果是這樣，我合理懷疑犯人跟另外兩名參賽者有關。」

聽完季晗的猜測，我沒有說話，而是怔然地看著他。

十分厭惡我……

「壓軸表演的主唱，妳想也別想！那個位置，是屬於星辰學姊的！」

腦海率先浮現蕭亭君複賽時在廁所對我說過的話。

退賽帶來的好處跟利益……

「舒毓琦，對妳而言，主唱這個位置非常重要嗎？」

「如果不是……我希望妳能放棄徵選。」

「主唱這個位置，我一定會拿下。」

然後是星辰學姊複賽前一天在練唱室與我對談的畫面。

「求求妳了，毓琦！我不想再看見星辰後悔的模樣，能不能拜託妳放棄徵選？妳還有明年，但星辰只剩下今年了啊！」

最後是子默學長激動懇求我的模樣。

思及此，我感覺思緒一片混亂。

恍如纏繞在一塊的毛線，打了個死結，難以解開。

琬茵好奇地問向季晗：「你覺得哪個可能性比較大？」

「我個人是傾向後者。」季晗眉頭深鎖，神色凜然，「不惜在保溫瓶裡加入清潔劑，甚至到網路散播謠言，如果只是單純討厭舒毓琦，我不認為會做到這個地步。」

睜圓杏眼，我感覺喉嚨乾得發澀，聲音劇烈顫抖，「你的意思是……犯人跟星辰學姊……或是另名參賽者有關？」

「嗯。」他不假思索地點頭，「這只是我的猜測，但我覺得十有八九。」

聽到季晗的回答，我渾身一震，再度陷入驚愕。

「抱歉，舒毓琦，再給我一些時間。」他的目光緊鎖著我，眼底淌著滿滿的認真，「我一定會揪出犯人。」

季晗的話恍若一根刺，扎在心上。

有那麼點刺、那麼點疼，隱隱作痛。

眼前的畫面逐漸模糊起來，水氣氤氳。

我用著不確定的語氣，語帶沙啞地問：「你……相信我？」

大概是沒料到我會這麼問，季晗的表情明顯微愣，隨後失笑。

「當然。」他加深笑容，眼眸閃爍著堅定，「我說過，無論發生什麼事，我都會陪在妳身邊。」

聞言，我沒有答聲，而是捏緊掌心。

看著季晗堅決的眼神，我霎時明白，我不是一個人。

他的存在，宛如黑暗裡的微光，點亮了一盞希望。

＊＊＊

關於我跟Jason老師的謠言，在網路上迅速發酵。

看了一下發文時間，是在決賽當天的凌晨。

季晗猜測，對方之所以挑在這個時間點發文，是因為這時使用平台的人少。

再加上當時的我全心專注於決賽，根本沒有心思去理會匿名平台上的校版發了什麼文。

等事情爆發，傳到我耳裡時，早已演變成不可收拾的局面。

對方是故意讓我措手不及。

「也未免太有心機了吧……」聽完季晗的分析，琬茵忍不住皺眉，嘖了聲。

對此，我在匿名校版發了篇聲明文，解釋照片裡當時的情況。

至於聲明文下方的留言，季晗則是建議不必回覆。

有些事解釋過多，反而會引來反效果。

清者自清，時間會證明一切。

縱然網路謠言鬧得沸沸揚揚，評審團卻也沒有足夠的證據，證明我跟Jason老師確實有超出師生之間的關係。

最後，在評審團的討論之下，還是維持原本的結果——

「恭喜。」

決賽結果出爐的那刻，正好是宣企組開會的休息時間。

季晗揚起唇角，由衷地向我致賀。

我嘴角微彎，卻沒有太過高興。

原以為拿到壓軸表演的主唱資格，會讓我歡喜不已。

然而此刻，我卻覺得這個結果有些沉重，備感壓力。

「恭喜啊，舒毓琦。」祖銘學長用著不大，卻足以讓周圍的人聽見的音量朝我道：「恭喜妳成為壓軸表演的主唱。」

話聲落下的那刻，蕭亭君的嘲弄聲緊接而來。

「唉，我就說舒毓琦怎麼會當上主唱，原來是『身體力行』啊！」她的表情盡是滿滿的輕蔑。

於此同時，之前同組的葉又嘉跟著調侃：「舒毓琦，妳該不會也是用這種方式，請季晗幫妳完成不見的活動企劃吧？」

聞言，我氣憤地瞪了葉又嘉一眼，咬牙切齒道：「沒有的事妳別胡說！」

面對我怒氣沖沖的回應，葉又嘉滿不在乎地聳了聳肩，隨後別開眼。

季晗則是沉下臉，面無表情地朝蕭亭君道：「還是妳最敬愛的星辰學姊贏不了，只能靠這種卑劣的方式抹黑他人？」

聽到季晗的話，蕭亭君臉色陡然一變，勃然大怒。

「你說誰輸不起？」她驀地拔高音調，聲音尖銳刺耳，「大家都知道，舒毓琦跟Jason老師有一腿，我只是實話實說，你用不著往星辰學姊身上潑髒水！」

「實話實說？」季晗瞇起眼，聲線冰冷，「哪來的實話實說？」

「匿名校版都這麼說！」她理直氣壯地挺起胸膛，「而且還有照片！」

「不能辨別什麼是謠言、什麼是真實，妳的判斷能力真令人堪憂。」季晗彎起唇角，似笑非笑，「還有，僅憑一張照片，不足以證明什麼，舒毓琦也在校版發文解釋了，若妳執意抓著這點咄咄逼人，那就表示妳沒有其他證據，所以只能緊抓著這點攻擊，好來站穩妳的立場。」

「……你！」蕭亭君沒有再說下去，而是氣得渾身發抖，一時語塞。

爭吵期間，祖銘學長並沒有出面阻止，僅是站在一旁，靜看過程。

最後，隨著休息時間結束，眾人這才悻悻然地回到自己的座位，繼續做事。

我壓低聲音，朝季晗道：「謝謝你替我說話，季晗。」

「小事。」他莞爾，「對付蕭亭君這種人，就是要激怒她，讓她無法冷靜思考，只要蕭亭君動怒，說出來的話全是破綻，再一一加以反擊，她就會安靜了。」

聽完季晗的策略，我不禁輕哂。

＊＊＊

腳步停留在門前。

還沒走進教室，遠遠便聽見裡面傳來訕笑聲。

「喂、喂，你們有沒有看匿名校版的文章？流唱社顧問那個。」其中一個男生率先開口。

「有啊！內文那個女生很明顯就是我們系上的舒毓琦吧？」另個男生跟著附和。

「舒毓琦表面看起來單純、單純的，想不到手腕這麼厲害。」

「你懂什麼，表面清純、私下大膽的女生才能勾住男人的心啊！手段高明！」

旁邊的男生跟著揶揄，「喂，你們說，舒毓琦會不會也是用這個方式過系上的必修？我看她期中成績都不及格，期末卻能科科壓線過關。」

原本起頭的男生瞬間瞪圓眼眸，「哇，不會吧？你說跟老賴嗎？那舒毓琦也是吃得很開耶，居然連老賴都吃得下去……」

此起彼落的嘲笑聲不絕於耳。

我憤然地攥緊拳頭，咬牙切齒地推開門。

那群人一看到我，頓時安靜，隨後轉移話題，若無其事地繼續聊天。

什麼叫這種方式……

「毓琦！」

身後這時響起琬茵的輕喚聲。

她輕拍了拍我的肩膀，露齒一笑，「怎麼了？臉色這麼難看。」

面對她的疑問，我望向方才那群人，加重力道，將拳頭攥得更緊。

緊咬下唇，壓下心裡那股怒火，我悶聲回：「……沒事。」

走到最後一排座位，我坐了下來，朝琬茵道：「今天我想坐這裡。」

聽到我的話，琬面露驚訝，「妳不是總是嚷嚷坐在最後面會看不清楚嗎？」

環視周遭，看著前面滿滿人潮，彼此交頭接耳，視線不斷往我投來，我諷刺一笑。

「看不清楚總比聽得清楚好。」

琬茵皺起眉，神情納悶，卻也沒有多問，而是在我旁邊的位置坐下。

「剛好我有點累，這個角度老師看不見我打瞌睡。」她燦笑。

聞言，我先是微愣，隨後失笑。

＊＊＊

原以為我跟Jason老師的傳聞會隨著時間的流逝而淡去。

殊不知這把名為惡意的火卻愈燒愈烈，演變成漫天巨火。

轉眼間，時序進入初夏。

周圍的流言蜚語不但沒有消退，反倒與日俱增。

除了流唱社跟宣企組的人之外，就連系上的同學、其他屆學生，見到我都會投以異樣的目光。

那些目光充滿嘲弄跟看好戲，令人格外不快。

而負責壓軸表演的樂團成員亦是如此。

大概是受到網路輿論的影響，樂團的其他成員一致認為，我是透過特殊手段，贏得徵選。

儘管評審團事後澄清沒有實際證據，無法證實謠言的真假。

可其他成員仍然懷疑我是利用Jason老師取得主唱的位置。

相較於流唱社跟宣企組的氛圍，樂團的氣氛是稍微和平些。在樂團裡，沒有卑劣的霸凌手段，亦沒有刻意的排擠，但話裡行間，總是透著幾分輕蔑跟優越。

面對他們的冷嘲熱諷，我沒有吭聲，而是默默將這些委屈吞回肚子裡，深怕影響到壓軸表演的舉行。

縱然這個世界充滿惡意，但我依舊不想放棄主唱這個位置。

午夜夢迴，我時常問自己：值得嗎？

想起另個時空跳樓的舒毓琦，我忍不住又問：真的值得嗎？

然而這些問題，竟連我自己都回答不出答案。

平日裡，系上的冷言冷語有琬茵替我說話，宣企組裡，則是有季晗替我出面。

為了不讓他們多擔心，樂團裡的事我沒有告訴任何人。

而是隱忍在心裡，能瞞一天是一天。

團練結束後，我頹喪地踏入廁所。

看著鏡子裡意志消沉的自己，我不禁嘆了口氣，並扭開水龍頭。

於此同時，眼角的餘光注意到，一抹身影從外面走了進來。

目光交會的那刻，我猝然一驚，渾身僵住。

四周一片沉寂，徒有淙淙的流水聲。

對方的眼底先是閃過一瞬的震驚，隨後揚起唇角，奚落道：「唷，這不是紅遍校園、赫赫有名的舒毓琦嗎？」

我沒有答聲，而是旋緊水龍頭，轉身面向她。

重重地吐了口氣，我緩慢啟唇，語氣挾著濃濃的困惑，「……為什麼要這樣對我？我究竟做錯了什麼？」

面對我的疑問，蕭亭君微愣了愣，然後冷笑，「怎麼？受不了、想投降了？早讓妳放棄主唱的位置，妳偏不聽。」

攥緊拳頭，強忍住內心的悲憤，我感覺聲音劇烈顫抖，「……是妳嗎？」

「什麼？」蕭亭君皺起眉，神色納悶。

「在匿名平台散播謠言、抹黑攻擊我的人，是妳嗎？」加重語調，我放慢語速，字字說得用力。

蕭亭君聳了聳肩，輕笑著反問：「重要嗎？事情都過這麼久了，妳現在才來追究，也未免太遲了吧？」

「時間過了，不代表事情也過了。」我將拳頭攥得更緊，凜然道：「我知道，即便我現在找出犯人，也於事無補，就像那些捕風捉影的假新聞，即使媒體後來出面道歉，早已敗壞的名聲短時間內也很難恢復。」

停頓幾秒，我猛然抬頭，迎上蕭亭君的視線，「這是我第一次對妳提出請求，算我拜託妳了，蕭亭君！回答我網路謠言是不是妳做的？」

大概是沒料到我會有如此反應，蕭亭君明顯怔住，隨後擰眉，「舒毓琦，妳幹麼……」

「我只是想知道真相！」我感覺渾身發抖，咬牙切齒道：「我不過是想知道……能夠一次又一次，反覆折磨我的人……究竟是誰？」

聽到我的心聲，蕭亭君眉頭深鎖，欲言又止。

半晌，她雙手抱胸，冷冷開口：「如果我說不是，妳信嗎？」

面對她的疑問，我不假思索地頷首，「嗯，我信。」

蕭亭君眼眸微瞠。

拔高音調，她不敢置信地確認道：「妳真的信？」

斂下眼，我再次點頭，慢慢啟唇，「某些方面來說，妳其實一直表現得很坦率，例如討厭我。雖然我沒有證據證明妳是不是在說謊，但我的直覺告訴我——剛才妳的那句話，是實話。」

蕭亭君沒有說話，眼眸卻瞪得更大了些。

腦海這時浮現寒假企劃被刪除時的畫面，以及季晗陳述調閱監視器後的推論。

「既然都問了，我就再問一件事，妳不想回答也沒關係。」我直直盯著蕭亭君，冷聲開口：「活動企劃，是妳刪除的吧。」

不是疑問句，而是肯定句。

聞言，蕭亭君的表情明顯一愣，隨後冷笑了聲。

她再次昂起下巴，高傲地問：「知道了又能如何？是，是我沒錯，妳要去舉發我嗎？」

「舉發？我要跟誰舉發？」我自嘲一笑，然後搖頭，「我說了，我只是想弄清真相。」

捏緊衣角，我的目光緊鎖著蕭亭君，語氣無比嚴肅，「——是祖銘學長唆使妳的嗎？」

話聲落下的那一刻，蕭亭君的眼底驟然閃過一絲驚愕。

別開眼，她低低地回：「我要走了。」

那一剎，我知道，蕭亭君不會再回答我任何問題了。

說完，她迅速轉身，步出廁所。

看著蕭亭君驚慌離去的背影，我加重力道，將衣服捏得更緊。

從心底油然升起的疑惑，則是更深了些。

收拾好包包，我慢步朝大門走去。

腳步才剛踏出綜合館，一抹熟悉的側影冷不防闖進我的視線。

我瞬間微愣，並瞠圓眼眸，吶吶地開口：「……季晗？」

聽到我的聲音，他隨即轉身，揚起唇角，「舒毓琦。」

我訝異地看著他，忍不住問：「你怎麼在這裡？」

面對我的疑問，季晗唇邊的笑意驀地深了幾分，「我在等妳。」

話聲落下的那刻，我感覺胸口猛然一震，心臟跳動得厲害，「……什麼意思？」

「沒什麼意思。」他溫煦一笑，「只是單純想看看妳好不好，然後陪妳走回外宿。」

聽完季晗的回答，我沒有回聲，耳根卻驟然一熱。

恍如盛夏裡，被豔陽曬過的石子般，滾燙熾熱。

「這、這樣啊……」我一時語塞，不曉得該說什麼才好，於是羞窘地別開眼，結巴地回：

「你、你在這裡等很久了嗎？」

「還好，快半小時而已。」他瞥了眼手錶，淺淺一笑，「妳平常團練的時間差不多都是一小時半左右，今天似乎比較晚？」

面對季晗的問題，腦海乍然浮現方才與蕭亭君在廁所的對話。

思及此，我的心頓時一沉。

察覺到我的不對勁，季晗輕聲問：「遇到不開心的事？」

他的聲音很輕、很柔，宛如一道暖流，慢慢流進我的心坎。

我下意識地搖頭，急忙反駁，「……沒有、沒有，我沒事。」

「──舒毓琦。」季晗的表情這時變得極為嚴肅，語氣認真，「在我面前，妳不必隱藏妳的喜怒哀樂，高興就高興，難過就難過，有什麼事都可以直接說出來，不用逞強地說沒事，那只會讓我更擔心。」

他嘆了口氣，輕敲了一下我的額頭，「妳這張臉，顯然就不是沒事，我可不是何琬茵，能讓妳隨便呼嚨過去。」

聞言，我先是微愣，隨後失笑，「你這是拐著彎在說琬茵呆嗎？」

季晗聳了聳肩，一副事不關己，「我可沒說喔。」

我忍不住輕哂，隨後邁開步伐，與季晗並肩而行。

皎潔的月光灑落在校園的路上，將周遭的氛圍增添幾抹柔和。

迎面拂來的晚風，挾著幾絲薄涼，摻雜著季晗的氣息。

從他身上傳來的淡淡香氣，使我的心跳急遽加速，怦然不已。

來自胸口的躁動，彷彿一匹脫韁野馬，失控地胡亂奔竄，擾亂我的心緒。

悄悄覷了眼季晗，我捏緊衣角，呼吸驀然一滯。

望著地上兩抹斜長的黑影，我加重力道，將衣服揪得更緊。

這一剎，我忽然意識到一件事——

我喜歡季晗。

那是一份宛如細雪般，一點一滴，積累而成的喜歡。

＊＊＊

音樂祭當天，豔陽高照。

天空一片湛藍，乾淨得半絲雲也沒有。

台下鼓譟不斷，熱鬧喧嘩，熱烈的掌聲跟尖叫聲不絕於耳。

自從網路謠言事發至今，周圍的流言蜚語沒有少過。

儘管討論度不如爆發時來得劇烈，卻依然存在。

期間，更換主唱的聲浪大量湧進音樂祭的執行組。

礙於時間考量，以及我的堅持，最終執行組決定維持原樣，主唱的位置沒有變動。

眼看壓軸表演即將開始，我快步朝舞台的方向走去。

途中，經過場邊時，幾個觀眾看到我，隨即交頭接耳，議論紛紛。

「喂喂，快看，那不是舒毓琦嗎？」

「真的耶！她怎麼會出現在這？壓軸表演的主唱還是她嗎？」

「聽說流唱社的顧問已經請辭了，她怎麼還有臉站上舞台啊？」

「等等台下一片安靜，我看她還唱不唱得下去。」

此起彼落的奚落聲繚繞於耳邊。

捂住耳朵，我加快步伐，迅速前進，試圖遠離那些惱人的談話內容。

即將抵達後台時，忽然，一股阻力從前方傳來。

我瞬間心驚，這才驚覺自己撞到了人。

「抱歉、抱歉！你還好嗎？」我一面道歉，一面抬起頭望向對方。

隨著那人的臉龐映入眼簾，我感覺呼吸驀地一滯，心臟猛然顫動了一下。

瞠圓眼眸，我不敢置信地看著眼前的人，「季、季晗？」

他一把扶住我，擰眉關心，「怎麼了？臉色這麼難看，走路也心不在焉的。」

「我……」抿了抿唇，我原想回答沒事，腦海卻乍然響起季晗的聲音。

「在我面前，妳不必隱藏妳的喜怒哀樂，高興就高興，難過就難過，有什麼事都可以直接說出來，不用逞強地說沒事。」

思及此，我決定據實以告，「怎麼辦，季晗……是不是沒有人期待我的表演，沒有人想聽我唱歌？」

我感覺眼眶驟然一熱，聲音開始哽咽。

失落的情緒猶如海浪般，朝我席捲而來，將我的信心全數淹沒。

話聲落下的那刻，季晗的眉頭皺得更緊了。

他仔細凝視著我，溫柔地安撫道：「別想這麼多，這是屬於妳的舞台，誰也奪不走。」

咬緊下唇，濃濃的酸楚自鼻頭傳來，我語帶沙啞地回：「可是……我怕……我怕我會毀了這場壓軸表演，我怕台下的人都是來看笑話的，我——」

打斷還沒說完話的我，季晗忽然捉起我的手腕，將我朝他一拉。

「舒毓琦。」季晗的目光緊鎖著我，定格住，「其他人妳都不必理會，妳只要好好看著我就行了。」

聞言，我感覺胸口猛然一震。

急遽加速的心跳，擾亂了我的思緒。

季晗的視線依舊停留在我身上，寸步不移。

他慢慢啟唇，一字一字說得堅定，眼神閃爍著認真，「即使沒有人給妳掌聲，我也會替妳用力拍手；即使沒有人給妳喝采，我也會給妳全力支持；即使大家都懷著看笑話的心情看著妳，我也會專注凝視著妳。縱然這個世界充滿惡意，我也會站妳旁邊，成為妳的支柱。」

語落的瞬間，我感覺眼眶一片水氣氤氳。

眼前的畫面隨著季晗的一字一句，逐漸模糊起來。

我情不自禁地張開手，緊緊抱住季晗，在他的懷裡抽噎地哭了起來。

環上他的腰的剎那，我察覺到季晗的身體微微一僵。

過了幾秒，我彷彿聽見他的笑聲，緊接著季晗輕輕擁住我。

他將臉輕附在我耳邊，低喃道：「舒毓琦，不要怕，我會站在台下陪著妳。」

我用力揪起他的衣服，泣不成聲地不斷頷首。

在這個充滿惡意的現實裡，縱使外面是漫天大雪，可在季晗的懷裡，我卻感受到前所未有的溫暖。

恍如隆冬中的一曙陽光，只為我綻放、灑落在我身上的唯一陽光。

表演開始前，我喝了幾口溫水潤了潤喉嚨。

因為方才哭過的關係，聲音有點沙啞，幸好影響不大。

其他團員注意到我的眼睛，忍不住問：「緊張到哭啦？」

另個團員輕哂，「雖然主唱是誰我們不在意，但可別砸了我們的場子。」

我沒有說話，而是揚起唇角，淺淺一笑，「沒事，你們正常發揮就好。」

大概是我的回應出乎他們意外之外，所有人的表情明顯一愣。

彼此面面相覷，不再多言。

表演即將開始。

踏上舞台的瞬間，來自四面八方的目光猶如潮水般，朝我襲來。

攥緊拳頭，我深吸了口氣，然後挺直背脊。

站定位後，我在人群中來回搜索。

當目光迎上一雙熟悉的眼眸後，我揚起唇角，露出一抹自信的笑容。

輕撫上麥克風，隨著身後響起前奏，我加深笑容，然後握緊。

將近五分鐘的演奏裡，我的視線自始至終，都停留在季晗身上，不曾移開。

「其他人妳都不必理會，妳只要好好看著我就行了。」

想起季晗對我說過的話，我再度燦笑，全心全意地演唱。

季晗，你知道嗎？

是你給了我勇氣，讓我得以站穩這個舞台，盡情歌唱。

是你陪我捱過最黑暗的深淵，讓我得以看見希望。

沒有你，就沒有今天的舒毓琦。
是你的不離不棄，成就此刻的我。
加重力道，我緊緊握住麥克風。
隱藏在歌聲之中的，是道不盡的感謝，和深深的喜歡……
當最後一個落下的剎那，季晗彎起唇角，眼眸漾著溫柔，目光似水。
表演結束後，台下一陣靜默。
觀眾間悄然無聲，誰也沒有動作。
四周一片沉寂時，季晗率先鼓掌。
響亮的掌聲響徹了整個現場。
下一秒，如雷貫耳的掌聲宛如洪水般席捲而來。
我先是微愣，並看向身後其他團員。
他們的反應跟我一樣，震驚不已。
轉過頭，環視台下的觀眾一圈，我重新拾起麥克風。
抿了抿唇，躊躇片刻，最終我深吸了口氣，緩緩開口：「我知道，在場有很多人認為，我沒有那個資格站在壓軸表演的舞台上，我只希望，今天的表演能稍微改變你們的想法，讓你們覺得……評審們的決定是對的。」
說完，我慎重地鞠了個躬，然後轉身，逕自離開。
於此同時，身後再次響起熱烈的掌聲，如雷貫耳，震撼人心。
聽到聲音，我的腳步驀地一滯。

短暫停頓幾秒，我揚起笑容，隨後邁開步伐，頭也不回地走下舞台。

隨著壓軸表演結束，音樂祭進入了尾聲。

當我跟季晗回到休息區時，子默學長面帶微笑地朝我們走來。

「很精彩的演出喔！毓琦。」他笑盈盈地祝賀道。

我則是頷首道謝，「謝謝學長。」

轉過頭，我正想說一切都是季晗的功勞時，卻發現季晗的目光緊鎖著子默學長，寸步不移。

只見季晗神情嚴肅，不苟言笑。

「季——」

我的話才剛脫口，季晗便出聲了。

「既然音樂祭已經結束，你也該收手了吧？」季晗加重語調，聲線冷漠，「——何子默。」

聞言，我猝然一驚，錯愕地看向季晗。

這還是我第一次聽見季晗直呼子默學長的全名。

以往季晗稱呼子默學長的方式都是「社長」，面對他突如其變的轉變，我不禁愣住。

蹙起眉頭，我納悶地問：「季晗，你怎麼——」

打斷我還沒說完的話，季晗直直盯著我，神色凜然，「舒毓琦，妳不是一直很想知道真相嗎？想知道這半年來，是誰一直在背後折磨你。」

「咦？」聽到季晗的話，我倏地怔住，吶吶地回：「是、是啊……可是，這跟子默學長……」

說到這裡，腦袋驟然閃過一絲可能。

原本斷掉的迴路，在這一剎瞬間連接起來。

瞠圓眼眸，我用著顫抖的聲音，不敢置信地開口：「……你的意思是……那個人……是……」

季晗這時頷首，替我把話說完：「——嗯，那個人就是何子默。」

語落的那刻，我渾身一震，心臟則是劇烈顫動了一下。

周圍的空氣彷彿在這一刻變得極為稀薄，使我的呼吸驀地一滯。

子默學長面露疑惑，不解地回：「季晗，你在說什麼？我怎麼聽——」

硬生打斷子默學長的話，季晗冷聲道：「還想裝傻嗎？過去這半年，你就是用這張偽善且無辜的臉，把舒毓琦跟其他人騙得團團轉吧？」

子默學長眉頭深鎖，神情委屈，「季晗，我真的聽不懂你在說——」

彎起唇角，季晗逕自說下去，「何子默，你可以繼續裝傻，那我就在這裡攤出證據，你想在公開場合下對質也未嘗不可。」

話聲落下的那刻，子默學長不再反駁，臉色卻倏地一沉。

於此同時，星辰學姊跟祖銘學長朝我們走來。

「發生什麼事了？」星辰學姊擰眉關切，面容擔憂。

祖銘學長先是環視我們三人，隨後揚起嘴角，露出一抹深不可測的笑容。

季晗望向星辰學姊，眼眸微瞠，緩緩道：「也好，既然有關係的人都到齊了，我們換個地方談吧？」

面對季晗的提議，星辰學姊神色狐疑，祖銘學長則是笑而不語。子默學長面有難色地看著季晗，遲疑片刻，最終回了單音：「……好。」

在子默學長的同意之下，我們五人來到流唱社的社辦。

關上門，氣氛一片沉寂，誰也沒有開口。

社辦裡悄然無聲，沉默在五人之間橫亙而開。

沉重的氛圍猶如一灘死水，靜止不動，了無生機。

只見季晗神情肅穆，目光掃過祖銘學長、星辰學姊，以及子默學長。

當視線移到我身上的那一剎，他放柔了眼神，唇角微彎。

見狀，我感覺胸口猛然一震，心底驀地蕩起幾絲暖意。

靜默許久，季晗望向星辰學姊，率先出聲：「副社長，妳應該多少有察覺到，蕭亭君的行動跟何子默有關，對吧？」

面對季晗的疑問，星辰學姊的眼底驟然閃過一瞬震驚，但隨即又恢復原樣。

對此，我不禁困惑，「你的意思是，蕭亭君會討厭我，跟子默學長有關？」

季晗搖頭澄清，「不，蕭亭君之所以討厭妳，是因為妳奪走副社長的光彩。」

下一秒，季晗扭頭看向子默學長，「但——何子默卻利用這點，與蕭亭君合作。他知道蕭亭君不喜歡妳，於是故意放任她為所欲為，對妳肆意抨擊，打壓妳的信心，讓妳開始懷疑自己是否沒有那個資格接受眾人的掌聲跟喝采，同時讓流唱社的其他社員不敢接近妳。可惜這個策略沒有奏效，我在想，假如當時我沒有出面質問何子默，他是不是會繼續任由蕭亭君囂張跋扈？」

季晗用眼角餘光覷了眼星辰學姊，「巧的是，質問的當下，副社長正好也在，我在猜，何子默之所以收手得如此乾脆，可能跟副社長有關。」

子默學長沒有說話，我卻注意到他的表情微僵。

安靜片刻，季晗將目光投向星辰學姊，「再來是徵選表單——」

星辰學姊忐忑地迎上季晗的視線，眼神隱約透著幾分不安。

季晗似笑非笑，「——副社長應該知道表單是誰動的手腳吧？」

話聲落下的那刻，星辰學姊眼眸微瞠，擰眉反問：「為什麼這麼問？」

「——因為妳阻止了後續的調查。」季晗不疾不徐地回。

「算了吧，既然事情已經解決了，就別再節外生枝。」

腦海乍然浮現星辰學姊勸阻的畫面，我瞬間一愣。

瞪圓杏眼，我吶吶地開口：「……表單是星辰學姊鎖的？」

季晗搖頭。

面對季晗的反應，我再度一愣，用著不確定的語氣問：「……難不成……是子默學長？」

這一次，季晗沒有動作。

可我從他的眼神中得到了答案。

我震驚地倒抽了一口氣，不敢置信，「……不、不可能啊！如果子默學長真的有意阻撓我參加徵選，又何必替我解鎖表單？」

「當妳有這個疑惑時，就表示他的策略奏效了。」季晗輕笑了聲，徐徐解釋：「——這是一場賭注，何子默是鎖了表單沒錯，可他又不想做得過於明顯，所以他才會待在社辦，賭妳會不會出現。妳沒來，就表示他的計畫成功，順利阻止妳參加徵選；妳來了，他的計畫雖然失敗，卻也因此減輕了嫌疑，因為妳不會去懷疑替妳解鎖表單的人，妳會認為，假如何子默不想讓妳參加徵選，他不會待在社辦，等妳前來，更不會替妳解決這個問題，讓妳報名——然而，這一切不過是場賭注，只是何子默賭輸罷了。比起計畫失敗，他更怕事跡敗露，怕副社長察覺到事情是他做的，殊不知副社長早已猜到犯人是誰了。」

說到這裡，季晗直直盯向星辰學姊，接著道：「所以，當何子默提議要在群組詢問其他幹部時，妳才出面制止，雖然當下並沒有足夠的證據去證明表單是何子默鎖的，可妳怕再調查下去，會查到何子默身上——」

停頓幾秒，季晗輕喃：「——妳想保護他，對吧？妳想保護何子默。」

語落的瞬間，星辰學姊渾身一震。

滿滿的錯愕跟詫異在她的臉上展露無遺。

令人訝異的是，子默學長的表情亦隨之浮現驚愕。

子默學長怔怔地望向星辰學姊，聲音略微沙啞，「星辰，妳……」

星辰學姊的眼眸倏地蒙上一層黯淡，「亭君是我的直屬，她的個性我再清楚不過，打從她三番兩次針對舒毓琦開始，我便疑心子默。亭君的脾氣是衝了點沒錯，但不至於如此蠻橫，加上以往流唱社發生爭執時，子默總是秉持著以和為貴，率先跳出來調解，然而舒毓琦的事他卻意外地睜一隻閉一隻眼，相當反常……我是懷疑過他們，但幾次質問亭君，她都極力反認，在得不到確切證據的情況下，我不敢貿然出面，就怕真的誤會了子默。」

星辰學姊抿了抿唇，「後來，季晗替舒毓琦發聲後，亭君的態度跟行為確實收斂不少，變得安分些，正當我以為是自己多慮時，又發生了表單被人動過手腳的事——那一刻，我便確信，有人在背後刻意針對舒毓琦。但礙於我沒有證據，也不敢去深究，我真的很怕……怕犯人就是子默，怕犯人是我身邊任何一個親近的人。」

星辰學姊嘴邊噙著一抹苦笑，苦得發澀，「當時的我，唯一想到的解決方法便是拿下徵選的冠軍，只要我順利拿下壓軸表演的主唱位置，舒毓琦就會沒事了。於是我選擇視而不見，拚命練習，直到決賽前夕，匿名平台事件的爆發，我這才驚覺自己錯了，而且錯得離譜、錯得徹底。」

聽完星辰學姊的話，腦袋響起複賽前夕，星辰學姊在練唱室與我的單獨對話——

「主唱這個位置，我一定會拿下。」

原來……星辰學姊之所以這麼堅持主唱的位置，不僅是為了自己，更是為了保護我。

意識到這點，我感覺心臟慢慢縮緊，悶得難受。

恍若一根針，扎在心上。

有點刺、有點疼，隱隱作痛。

星辰學姊這時望向我，臉上佈滿愧疚，「抱歉，舒毓琦……是我連累了妳。因為我的懦弱、我的逃避，讓妳受了無端的災害跟委屈。」

話聲落下的那一剎，子默學長的表情陡然一變，情緒激動，「星辰！妳為什麼要向她道歉？錯不在妳！妳根本不需要向她道歉！」

面對子默學長突如其來的咆哮，我猝然一驚。

不只我，就連星辰學姊亦為之錯愕。

「也難怪你這麼激動。」季晗嘴角微勾，諷刺一笑，「副社長的一句道歉，幾乎抹煞你的心血，你所做的一切，等同於白費心力。」

聞言，子默學長驀然怔住。

深吸了口氣，子默學長斂起方才的慍怒，強作鎮定，「……什麼心血？我不過是認為星辰沒必要向舒毓琦道歉罷了，這不足以證明我就是犯人。」

季晗面露無奈，「事已至此，你還不肯承認嗎？」

接著，季晗從口袋裡拿出手機，迅速點了幾下，將螢幕轉向眾人。

「——這些，是匿名平台最先發文帳號的資訊，以及登入時間跟登入ＩＰ位置。」季晗將視線移到子默學長身上，定格住，「帳號的資訊並不完整，顯然就是個小帳，我猜是何子默從網路上買來的；而登入的ＩＰ位置主要有兩個：何子默的外宿，和資管系的公共網路。」

季晗似笑非笑，「我向人打聽過你的外宿地址，正好有認識的人住在同一棟，不難得知你外宿網路的ＩＰ位置。」

子默學長沒有答聲，而是一臉木然。

還來不及反應過來，季晗斂去笑容，神色嚴肅地朝星辰學姊道：「副社長，因為妳的逃避、妳的視而不見，差點害舒毓琦無法在複賽演出，險些釀出大禍——」

聞言，子默學長立刻抬起頭，面紅耳赤地大吼：「閉嘴！季晗！」

子默學長的咆哮聲響徹了整間社辦。

我猝然心驚，驚恐地看向他。

相較於我的反應，季晗倒顯得十分冷靜。

他淡然地瞥了眼子默學長，無視對方的恫嚇，季晗逕自開口：「——何子默曾在舒毓琦的保溫瓶裡加入清潔劑，這件事，妳應該不曉得吧？」

此話一出，星辰學姊臉色瞬間僵住。

瞪圓杏眼，她慢慢轉頭，不敢置信地望向身邊的子默學長，「子默，你——」

「不是！這件事不是我做的！星辰，妳要相信我，我沒做過這種事！」子默學長激動地按住星辰學姊的肩膀，不斷重複類似的話，「是他們抹黑我，栽贓到我身上！妳要相信我，星辰！真的不是我做的！」

在一旁始終沉默的祖銘學長，這時忽然有了動作。

他不悅地撥開子默學長按在星辰學姊肩上的手，並擋在兩人的中間，「少用你的髒手碰星辰！」

「……姚祖銘？」面對祖銘學長的舉動，子默學長先是愣住，隨後笑了起來，「哈！你少在那邊裝清高，你明明知道我所做的一切，卻故作不知情，你以為你的行為比較高尚？」

祖銘學長面無表情地睨了眼子默學長，「何子默，你能不能先恢復正常再來說話？」

「怎麼，被我說出來，心虛了？」子默學長大笑，「姚祖銘，至少我敢為星辰付出行動，你呢？你做過什麼？不就只會躲在後面漠視一切的發生嗎？現在還想當騎士，真是笑死人了！」

「你他媽有病記得吃藥！」祖銘學長惡狠狠地瞪向子默學長，「何子默，你是不是有人格分裂？」

聽到子默學長的話，我瞠圓眼眸，驚愕地望向祖銘學長。

「祖銘學長，你……」我艱澀地啟唇，聲音劇烈顫抖，「……一直都知道？」

面對我的疑問，祖銘學長的眼神陡然一轉，變得極為冷漠，「——是，我一直都知道。」

聞言，我渾身一震。

滿滿的驚訝跟錯愕占據我的腦海，使我無法思考。

宛如一張白紙，一片慘白。

對此，星辰學姊亦感到驚愕。

彷彿看穿我的心思般，祖銘學長彎起唇角，冷笑了聲，「妳是不是想問我，為什麼不告訴妳？」

縱然震驚，我依舊微微頷首。

「——因為我不希望妳當上主唱。」祖銘學長加深笑容，卻笑得令人發寒，「認識星辰這麼久，我從沒見過她在比賽中失利。以往星辰遇到比賽，總是自信滿滿，去年的徵選亦不例外——可今年不一樣，這還是我第一次見到星辰如此沒有信心，或許是最後一年、也或許妳的存在真的威脅到她，星辰變得格外謹慎小心，深怕一個失誤便丟了爭奪主唱的資格。」

祖銘學長這時望向子默學長，聳了聳肩，「既然有個瘋子願意髒了自己的手，讓星辰成為主唱，我為什麼要阻止？當然，保溫瓶的事確實做得有些過火，所以我才故意讓妳撞見何子默跟星辰的對話，但除此之外的事，我一概不插手。」

聽完祖銘學長的解釋，星辰學姊憤然捉起祖銘學長的手臂，「祖銘，你——」

「星辰，妳跟我，並無區別。」祖銘學長笑了笑，「不同的是，妳是真相擺在面前，也不敢去面對；而我，則是面對之後，選擇忽略，可就結果而言，我們誰也沒有出手拉舒毓琦一把。」

星辰學姊一時語塞，然後慚愧地低下頭。

攥緊拳頭，她低聲朝我道了句：「……對不起。」

我沒有說話。

眼眶卻隨著星辰學姊的這聲道歉，驀地熱了起來。

我怔然地望向子默學長，吶吶地開口：「……子默學長，你之所以這麼針對我，希望星辰學姊當上壓軸表演的主唱——」

深吸了口氣，我放慢語速，輕喃道：「——全是因為你喜歡星辰學姊，對吧？」

話聲落下的那一刹，子默學長黯淡的眼眸驀地微瞠。

他木然地抬起頭，神情恍惚。

原先激動的情緒此刻逐漸緩和下來。

沉寂許久，子默學長緩緩啟唇：「我一直……都很喜歡星辰唱歌的樣子。」

他扭頭看向身旁的星辰學姊，彎起唇角，笑得柔和，「舞台上的星辰，是那麼的耀眼、那麼的美好，只要有她在的地方，便會散發光彩。打從我加入流唱社，第一次見到星辰演唱的那一刻，我便下定決心，要守護好這道光芒。」

下一秒，子默學長的表情陡然一轉，挾著怨憤的目光朝我投來，「——然而，自從妳加入流唱社之後，眾人的目光便不再聚集在星辰身上，Jason誇讚星辰的次數亦隨之下降，妳奪走了大家的注意，奪走了原本只屬於星辰的注目，甚至奪走了星辰的夢想！對我而言，壓軸表演的主唱位置，只能是星辰的！」

他的嘴邊噙著一抹苦笑，「哪怕星辰不希望我這麼做……」

聽到子默學長的真心話，我猝然一驚，腦海閃過一道念頭。

我瞪圓杏眼，狐疑地問：「……所以，那張照片……你是故意的？不只針對我，連Jason老師也……」

我沒有把話說完，子默學長便冷笑了聲。

他輕挑了挑眉，大方坦承，「是Jason自己不好，憑什麼妳的出現，就分走對星辰的關照？為了讓妳無法出席決賽，同時又要報復Jason，最好的方法，就是製造你們的謠言。那天，我故意讓蕭亭君不開練唱室的門，故意對星辰謊報跟Jason約定的時間，因為我知道妳一定會去社辦求助。」

說到這裡，子默學長加深笑容，笑得猖狂，「原本我只是想單純拍你們兩人獨處的照片，殊不知竟拍到如此親密的畫面，既然你們給了這麼好的機會，我怎麼能放過？」

得知所有真相的我，百感交集地退後一步。

低下頭，我忍不住輕笑，卻笑得無奈，「子默學長你……真的很喜歡星辰學姊呢。」

聞言，子默學長的眼底驟然湧現一抹悲痛，「有什麼用？結果到了最後，星辰依舊無法實現她的夢想，依舊無法站上壓軸表演的舞台，我做了這麼多，最終還是成了笑話……」

他自嘲一笑，「現在的我，或許連喜歡星辰的資格都沒了……」

星辰學姊這時越過祖銘學長，憐惜地望著子默學長，「子默……」

我沉痛地闔上眼，重重地吐了口氣。

斂下眼，我慢慢開口，輕聲道：「季晗，我累了……」

季晗輕輕握住的我手，柔聲問：「妳想怎麼做？」

「我不知道……」我低喃：「現在的我，只想好好靜一靜……」

季晗沒有說話，而是加重力道，將我的手握得更緊。

片刻，他再次出聲，溫柔地回了個單音：「好。」

＊＊＊

在季晗的陪伴下，我們離開社辦，離開綜合館，來到大草坪旁的樹蔭下休憩。

迎面而來的暖風不僅吹亂了我的瀏海，更吹亂了我的心。

我目光縹緲地望向遠方，腦袋一片空白。

此時此刻，我只想淨空我的思緒。

靜默半晌，季晗小心翼翼地開口：「還好嗎？」

他的聲音是那麼的輕、那麼的柔。

好似怕傷著般，戰戰兢兢。

我朝他瞥了眼，隨後苦笑了笑，搖頭，「……不好。」

他再次牽起我的手，眼底淌著滿滿的溫柔，「我陪妳。」

聞言，我的眼眶驀地一熱，「季晗……」

他揚起唇角，柔和地笑，「至少妳肯對我說實話，我很高興。」

我感覺喉嚨一陣乾澀。

抿了抿唇，一股濃濃的酸楚自鼻頭襲來。

我艱澀地啟唇，哽咽道：「我一直以為……揪出犯人後我會比較輕鬆，但知道所有真相後，我卻覺得更加沉重……我以為我會很生氣，可現在……我卻完全氣不起來，心裡好像破了個洞，很空、很空……」

季晗憐惜地看著我。

下一秒，他將牽住我的手微微往後一拉。

而我就這麼毫無防備地跌進他的懷裡。

我慌張地想從他的懷抱中離開，季晗卻將我擁住，輕撫我的背。

「舒毓琦。」季晗附在我耳邊，柔聲道：「真的難過，卻又不曉得該怎麼辦的話，就哭出來吧，哭過之後會好一點。」

聽到季晗的話，我渾身一僵。

本就動搖的情緒，隨著季晗語落的瞬間，應聲崩塌。

揪起季晗的衣領，我輕靠在他的胸膛上，無聲地流下第一滴淚。

然後，放聲大哭。

所有的痛苦、所有的委屈，在這一刻化作淚水，猶如洪水潰堤般，傾洩而出。

縱然外面是狂風暴雨，可在季晗的懷抱中，我找到了專屬於我的避風港。

一個為我遮風擋雨的避風港。

從季晗身上傳來的溫熱，恍若從雲層間透出的一絲陽光。

那麼的溫暖、那麼的讓人安心。

Chapter 05

店裡播放著輕柔的鋼琴音樂。

咖啡的香氣瀰漫了四周。

季晗坐在對面，朝我推來一枚黑色的隨身碟。

我納悶地蹙起眉，「這是什麼？」

「——那天在社辦的全程對話。」他神情凜然，「裡面有何子默跟姚祖銘的自白。」

聞言，我猝然心驚。

睜圓眼眸，我忍不住問：「……你偷錄音？」

季晗擰眉，對於我的話似乎不太認同，「我不覺得這是『偷』。」

我沒有說話，而是緊盯著那枚隨身碟。

「妳不收下嗎？」見我久久沒有動作，季晗一臉困惑。

沉默半晌，我嘆了口氣，將那枚隨身碟推向季晗，然後搖頭。

「算了吧，我要錄音檔幹麼？」我揚起嘴角，笑得苦澀，「事情都過去了，這些錄音檔也用不著了。」

「妳不想要報復嗎？」季晗仔細凝視著我，神色認真，「公開這些錄音檔，何子默就毀了，所有人都會知道他的惡行。」

當「報復」兩個字落入耳裡的剎那，我感覺心臟猛然一震。

捏緊衣角，我沒有答聲，而是低頭沉思。

是啊，季晗說得沒錯。

只要公開這些錄音檔，所有人都會知道子默學長的真面目。

只要公開這些錄音檔，子默學長便會身敗名裂。

相較於先前遭人詆毀、冷嘲熱諷的日子，這點回敬，根本不算什麼。

道理我都明白，可為什麼，我卻猶豫了？

隨著氣氛陷入死寂，隔壁桌的喧嘩聲顯得格外清晰。

良久，耳邊傳來季晗的嘆氣聲。

他揚起一抹苦笑，眼底盡是無奈，「——舒毓琦，妳太善良了。」

我不語。

「就是因為這份善良，另個時空的舒毓琦才會選擇自殺。」他搖頭，「妳太容易相信人、太容易原諒人，妳的善良並沒有拯救妳自己，反而將自己推入深淵。」

斂下眼，我抿了抿唇，「季晗，我沒有打算原諒子默學長，我只是同情他。」

聽到我的反駁，季晗微愣。

攥緊拳頭，我繼續道：「當我知道犯人是子默學長時，我是恨的，非常、非常恨，同時心痛，我沒想到那個笑臉迎人的子默學長，居然會是兇手，我更沒想到……他居然這麼喜歡星辰學姊。」

嘆了口氣，我無奈一笑，「其實子默學長跟蕭亭君非常相似，他們都用錯了方法去守護一個人，差別在於，蕭亭君是崇拜、是仰慕；子默學長則是喜歡，也難怪他們合作得這麼自然，畢竟是多麼相像的兩人。」

季晗沒有說話，目光卻停留在我身上，定格住。

迎上他的視線，我彎起嘴角，「季晗，子默學長的罪行自然得由他承擔，但我不希望是透過公開錄音檔的方式。」

季晗先是怔了怔，隨後擰眉反問：「妳想怎麼做？」

我淺淺一笑，「——我希望，由他自己公開。」

聞言，季晗的眼眸閃過一瞬震驚。

他杏眼微瞠，片刻，季晗低笑，「舒毓琦，妳這麼做更狠。」

我搖頭，「我並不是有意要讓他痛苦，我只是希望，他能藉此自省。」

季晗了然地頷首，接著又問：「姚祖銘呢？」

聽到祖銘學長的名字，我先是微愣，然後諷刺地笑了，「是啊，祖銘學長什麼也沒做、什麼也沒插手，看似是個旁觀者，實際上卻是個隱形的加害者。他漠視一切的發生、縱容子默學長的惡行，他的無所作為，讓我更加失望——說到底，祖銘學長就是個自私的人，除了自己跟星辰學姊，其他人會變得如何，他根本不在乎。」

停頓幾秒，我輕笑了聲，「比起子默學長，祖銘學長更讓我痛心。」

語落的瞬間，周圍的氣氛頓時沉重起來。

沉寂半晌，季晗頷首，卻再次將隨身碟朝我推來。

「收著吧。」他微笑，「妳希望子默學長公開自己的罪行，也要有談判的籌碼，這就是籌碼。」

聽完季晗的話，我深覺有理，認同地點頭。

將隨身碟放入包包後，腦海忽然浮現一個疑惑。

我欲言又止地望向季晗，躊躇幾秒，我緩緩開口：「那個……季晗。」

他看著我，好奇地問：「怎麼了？」

捏緊手心，我猶豫不決。

內心彷彿有個天秤，不斷左右擺晃。

片刻，抿了抿唇，我終究還是問出了口：「如果……如果最後，我沒有自殺，你會回到原來的時空嗎？」

面對我的疑問，季晗的表情明顯愣住。

滿滿的震驚跟訝異在他的臉上展露無遺。

沉默在兩人之間橫亙而開。

恍若一張無形的網，將我網羅。

周圍的空氣彷彿在這一刻變得極其稀薄，令人難以呼吸，幾乎窒息。

片晌，季晗斂下眼，回了句：「……或許吧。」

聞言，我感覺喉嚨一緊，乾得發澀，「……一、一定得回去嗎？」

「老實說，我也不清楚。」他嘆了口氣。

望著季晗擺在桌面上的手，我情不自禁地覆上他的手背，聲音有些沙啞，「……可以的話，我希望你能留在這裡。」

我緩慢縮起手指，語帶不捨，「別走，季晗……」

季晗沒有說話，而是伸出另隻手，輕覆在我的手背上。

他直直盯著我，眼眸閃爍著認真。

「可以的話——」他低喃，目光似水，「我也想陪在妳身邊，不要離開。」

語落的瞬間，他握住我的手。

從季晗掌心傳來的溫熱，使我的左胸微微顫動。

***

之後，子默學長在校版發了一篇道歉澄清文。

內容除了公佈自己的身分跟系級外，更解釋了當初照片的來由，以及我跟Jason老師之間的誤會跟清白。

文章發出後不久，便引來大量留言。

有人譴責、有人抨擊、有人質疑，但更多的是看戲。

而在這個網路匿名盛行的時代，最不缺乏的，就是這種留言。

他們的存在，就像一窩牆頭草，沒有定根。

哪裡有風，他們就往哪裡去。

隨風擺動。

見獵心喜。

正是因為這些人，才使得網路的戰火蔓延到現實。

正是因為這些人，才讓我活在嘲諷跟譏笑的黑暗中。

他們是來自深淵的魔爪，將我一步步拉往深不見底的黑洞，無法掙脫。

若不是季晗的出現，跟琬茵的陪伴，或許我早已在深淵裡，沉淪墮落。

至於琬茵，在得知真相跟犯人後，氣得便要去找子默學長理論，幸好被我攔住。

看完子默學長的道歉文，她氣急敗壞地拿著手機，氣沖沖朝我道：「這何子默算什麼男人啊！整篇文章只提到妳跟Jason老師的事，還有很多惡行都沒有公開呢，敢做不敢當，膽小鬼！」

見琬茵怒不可遏，我忍不住莞爾。

「算了吧，至少他解釋了我跟Jason老師的關係，也承認那張照片是他的刻意安排。」嘆了口氣，我搖頭苦笑，「如此一來，我的生活終於能回歸正常、回歸寧靜，現在的我，要求不多，只盼能安安穩穩地度過剩下的大學生活，僅此而已。」

——還有，珍惜跟季晗在一起的時光。

抿了抿唇，我淺笑著在心底唸完這兩句。

琬茵皺起眉，難以理解地看著我，「毓琦，妳就不氣嗎？」

聞言，我輕笑了聲，唇邊的笑意驀地多了幾分苦澀，「氣啊，當然氣。」

「那妳——」

打斷琬茵的話，我逕自說下去，「我知道妳想說什麼，可是琬茵，我累了，我真的累了……這半年來，我每天都活在恐懼之下，過得戰戰兢兢、過得小心翼翼，每天每夜，都要提心吊膽；再後來，周遭的冷言冷語、冷嘲熱諷，彷彿一把刀，一刀刀剜著我的心、我的肉……這種生活，我過得太累、太痛苦了，如今，好不容易有逃脫的機會，我為什麼要再跳回去？跳回那個無止盡的深淵？」

迎上琬茵的視線，我揚起唇角，「——比起追究、比起復仇，眼下，我只想好好跟我所愛的人好好生活、好好過日子，例如像這樣，跟妳坐在房間，聊天談話。」

聽完我的回答，琬茵沒有再多說什麼，而是緊緊抱住我。

「毓琦，是我不好，沒替妳多做什麼……」

我輕摸了摸琬茵的頭，宛如哄小孩般輕喃：「怎麼會？妳一直都站在我這邊，幫我說話、支持我、鼓勵我，謝謝妳，琬茵。」

在這段佈滿荊棘的日子裡，是琬茵跟季晗，陪著我一同走過、捱過。

漫漫歲月裡，能擁有這兩個知己知音，是何等的幸運。

＊＊＊

音樂祭結束後不久，很快的便迎來暑假。

琬茵回家放假了，我則是尋了份暑期工讀，留在學校打工。

而同樣留下來的，還有季晗。

研究之餘，他會趁著我送公文的時間，溜出實驗室陪我散步聊天。

除此之外，我們也會一起吃晚餐，甚至在假日時一塊出外溜達。

兩個月半的時間裡，我的生活除了打工，便是季晗。

處處都是季晗的身影。

盛夏過去，初秋來臨。

轉眼間，新學期開始。

陽光透過窗戶斜映進房間，照亮了室內。

耳邊隱約傳來規律的震動聲。

原以為是鬧鐘，於是我將棉被往頭頂一蓋。

聲音停了。

過了不久，耳邊再度傳來震動聲。

我這才驚覺不對，立刻鑽出棉被，跑到書桌拿起手機。

映入眼簾的，是電話。

——是季晗！

瞠圓眼眸，我瞬間心驚，隨即接起電話。

「……舒毓琦？」電話接通的剎那，我還來不及開口，季晗的聲音便傳入耳裡，「是舒毓琦嗎？」

他的語氣夾雜著滿滿的焦急跟慌張。

我先是微愣，隨後結巴地應了句：「……我、我是。」

另一端傳來鬆一口氣的聲音，季晗又問：「妳在外宿嗎？」

「是、是啊……」不曉得是不是受到季晗的影響，我不禁緊張起來，「怎麼了？我又睡過頭了嗎？我記得早上沒課才對啊……」

瞥了眼牆上的時鐘，短針停在十一跟十二之間，我狐疑地皺起眉。

琬茵因為選了堂通識，早早便出門了。

難道我又錯過考試了嗎？

手機這時傳來季晗的輕笑聲，「看樣子，妳不只會唱歌唱到忘記期末考，還經常睡過頭。」

我不悅地扁嘴，「季晗，你是打來吵架的嗎？」

「當然不是。」話筒的另一端再次響起笑聲，安靜片刻，季晗徐徐開口：「舒毓琦，妳下午有課嗎？我們出去走走吧。」

面對季晗的邀約，我倏地怔住，為難地回：「可是……我下午滿堂。」

「這樣啊……」季晗的語氣似乎有些遺憾。

我正想張口，回沒關係我可以蹺課時——

季晗出聲了：「偶爾蹺一次課，不為過吧？」

聞言，我猝然一驚。

拿起手機，我瞥了眼螢幕，確認通話的人是不是季晗。

瞪圓杏眼，我簡直不敢相信自己的耳朵。

「……季、季晗，你生病啦？」我錯愕地回。

「沒有啊。」沉默幾秒，他接著道：「我摸了一下額頭，體溫很正常。」

「還是好學生當膩了，想當一下壞學生？」我笑了起來。

季晗頓時明白我的意思，笑了聲，低喃道：「只要能跟妳獨處，當幾天的壞學生都無所謂。」

話聲落下的那刻，我感覺心臟猛然顫動了一下，跳動得厲害。

急遽加速的心跳，使我不自覺捏緊手機。

「……好、好啦，反正第一週的課也不重要，我們約在哪？」紅著臉，我結結巴巴地轉移話題。

「妳外宿樓下吧，半小時後我騎車過去接妳。」

「好。」

掛斷電話後，我吁了口氣。

回想起方才季晗的話，我感到一陣羞赧，胸口隨之躁動起來。

選了件小碎花洋裝，簡單地化了淡妝。

整理好儀容，我雀躍地步出房間。

來到外宿門口，季晗朝我揮手。

他溫柔地替我戴上安全帽，並繫好帽帶。

四目交會的那一剎，我的耳根驀地滾燙起來。

「走吧。」他微笑。

我羞澀地點頭，「嗯。」

「妳還沒吃飯吧？想吃什麼？」

我連忙拿出手機，點開instagram的珍藏，興高采烈地回：「這個、這個！我之前看到一家很不錯的店，一直想去吃吃看！」

季晗看了眼畫面，頷首附和，「好啊。」

揚起唇角，我眉開眼笑地坐上後座。

沿途的風有點涼。

看著季晗的背影，我感覺心臟跳動得劇烈。

躊躇幾秒，我緩緩伸出手，抓緊他的衣角。

見他沒有排斥，我輕輕地環住季晗的腰。

來自胸口的悸動，怎麼也停不下來。

之後，我們去了間氣氛極好的餐廳用餐，並在附近稍微逛了一下街。

正當我們煩惱接下來該去哪裡時，季晗忽然開口：「舒毓琦，我們去海邊吧？」

「咦？」面對他的提議，我不禁訝異，「現在？」

「對啊。」季晗點頭，隨後又道：「如果妳不想的話也沒關係，我們再看看去——」

「好啊，走吧。」不等季晗把話說完，我燦笑著答應。

季晗先是微愣，欲言又止。

最後，他彎起唇角，朝機車走去。

將近一個小時的車程，隨著與海岸的距離愈來愈近，飄散在空氣中海的氣味逐漸濃烈起來。

當我們抵達海邊時，已是傍晚時分。

夕陽懸在天邊一角，染紅了整片天空。

火燒般豔紅的晚霞，猶如水彩潑向空中，豔麗奪目。

脫下球鞋，我跟季晗沿著海岸線慢步前進。

海潮陣陣，白色的浪花淹過我的腳踝，腳邊傳來冰涼的觸感。

前行的同時，季晗溫柔地牽起我的手。

我先是微愣，扭頭望向季晗，他沒有說話，僅是含笑地看著我。

對望幾秒後，彼此相視而笑。

氣氛一片恬然，安靜美好。

我們漫無目的地繼續往前走。

迎面而來的海風有點涼，使我不自覺打了個哆嗦。

季晗見狀，連忙脫下身上的外套，披在我身上。

揪起他的外套，我輕聲道謝：「……謝謝。」

季晗淺笑了笑，然後停下腳步，眺望遠方。

沉寂許久，季晗慢慢開口：「舒毓琦，妳知道今天是什麼日子嗎？」

面對他的疑問，我怔了怔，隨後搖頭，「不知道。」

季晗這時轉過身，仔細凝視著我。

他的眼底盛滿了悲傷，滿滿的不捨跟憐惜在季晗的臉上顯露無遺。

沉默半晌，季晗斂下眼，緩緩啟唇。

他放慢語速，一字一字，說得緩慢且慎重，「——九月二十四日，今天原本是妳自殺的日子。」

語落的瞬間，我感覺左胸猛然一顫。

周圍的空氣彷彿在這刻變得極為稀薄，使我的呼吸驀地一滯。

我木然地看著季晗，喉嚨乾得發澀。

驚愕的情緒佔據我的腦海，使我無法思考。

原來……今天是我自殺的日子……

我頓時有些不知所措，季晗則是將我攬進懷裡。

不同於以往的擁抱，這一次，季晗將我擁得很緊、很緊。緊得讓我無法掙脫。

「我很怕……歷史會重演。」他的聲音夾雜著幾絲嗚咽，身子微微顫抖，「太好了，舒毓琦，妳還活著……」

季晗加重語調，「妳還活著……」

他不斷重複那四個字，隨後將我擁得更緊。

我怔然地望著季晗身後的夕陽，吶吶地問：「……所以，今天早上你才這麼緊張地打給我？」

季晗沒有答聲，而是頷首。

我瞬間恍然大悟。

季晗這時將我從他的懷裡拉開，滿臉歉意，「抱歉，對妳隱瞞了這件事，我怕……說出來會影響到妳。」

我淺淺一笑，示意不要緊，「沒事，我知道你是為了我好。」說完，我摸了摸臉頰，感覺有些不真實。

原來……另個時空的舒毓琦，在今天自殺了。

她是懷著什麼樣的心情躍下頂樓，我不敢去想。

想起先前發生的種種，我感覺胸口一陣悶緊。

恍若一塊巨石，壓在心上，很沉、很沉。

沉得讓人喘不過氣，幾近窒息。

靜默半晌，季晗再次啟唇，目光縹緲，「其實，一直到穿越時空之前，我都不相信所謂的『命運』。」

低下頭，他揚起唇角，輕輕一笑，「然而，這個想法卻隨著我來到這裡、遇見妳之後漸漸變了。我曾經想過，為什麼是我？可這個問題我想了很久，依舊沒有答案——我想，或許這就是命運，命運注定讓我回到過去，改變妳的命運。」

停頓片刻，季晗將視線移到我身上，定格住。

「這陣子，我反覆做一個夢，夢裡有兩個我，另個我看起來睡得很沉。」他斂下眼，輕聲道：「——我在想，這或許是我回去的前兆，既然妳的命運改變了，我也沒理由繼續待在這裡。」

聞言，我猝然一驚。

我急忙揪起季晗的衣領，慌張地反駁：「……等、等等，這件事還沒有定論吧？誰也說不準。既然我的命運能被扭轉，或許……或許回去這件事也能改變，對吧？」
我忐忑地迎上季晗的眼眸，目光殷切。
我期盼能從他的口中聽到肯定的答案。
可季晗僅是露出一抹苦笑，笑得無奈，「或許吧。」
斂起笑容，他仔細凝視著我，「舒毓琦，我希望妳能答應我一件事。」
見他神情凜然，我不禁微愣，「……什麼事？」
季晗直直盯著我，眼底閃爍著認真，「——即使我不在妳身邊，妳也要照顧好自己。」
話聲落下的那一剎，我感覺心臟用力縮緊。
彷彿被人給狠狠捏住般，疼得難受。
濃濃的酸楚自鼻頭傳來，我沙啞地回：「……不要。」
季晗蹙眉，「毓琦……」
捏緊衣角，我語帶哭腔，「……沒有你，我怎麼可能過得好，又怎麼有心力照顧好自己……」
季晗的表情流露著滿滿的心疼跟不捨。
他憐惜地牽起我的手，然後握住。
「我希望妳能過得快樂。」季晗說得堅定，「——毓琦，妳適合活在陽光下。」
隨著季晗的聲音落入耳裡，我的眼眶驀地熱了起來。
他的話，推倒了我內心城牆的最後一根支柱，迅速崩塌。
咬緊下唇，我含著淚望向季晗，悲痛地頷首，「……我答應你。」

聽到我的回答，季晗唇邊的笑意驀地深了幾分。

「還有一件事，我怕現在不說出口，恐怕再也沒有機會告訴妳。」

他目光似水，眼底淌著滿滿的溫柔跟深情。

猶如黑夜裡的繁星般，熠熠生輝。

輕撫著我的臉龐，季晗輕聲道：「——我喜歡妳，舒毓琦。」

語落的瞬間，我感覺左胸猛然一顫，心臟劇烈跳動。

急遽加速的心跳，宛如一匹脫韁野馬，瘋狂奔竄。

面對季晗的告白，我忽然有股想哭的衝動。

沉寂片晌，抿了抿唇，我緩緩張口：「……我也是。」

對上季晗的視線，鼻頭一陣酸楚，我哽咽地回：「我也喜歡你，季晗……」

聽到我的回答，季晗眼眸微瞠。

彎起唇角，他朝我湊近，將額頭輕貼在我的額頭上。

屬於季晗的氣息自鼻尖傳來。

他低喃：「——遇見妳，我很幸福。」

伴隨著話聲落下，季晗低頭吻住了我。

夕陽的餘暉斜映在季晗身上，顯得格外耀眼。

恍若春日裡的燦陽般，絢爛奪目。

闔上眼，我情不自禁地環住季晗的腰，踮起腳尖回吻著。

我感覺季晗的身子微微一僵。

下一秒，他擁住我，從蜻蜓點水般的輕吻轉為深吻。

來自唇瓣的溫熱，使我不禁流下淚。

倘若可以，我多麼希望時間能停留在這刻。

永遠、永遠不要往前。

＊＊＊

從海邊回來後隔兩日，我跟季晗約了學校附近的餐廳吃午餐。

腳步才剛踏出外宿大門，一道熟悉的身影冷不防闖進我的視線。

我猝然心驚，並瞠圓眼眸。

「季、季晗？」我驚訝地看著眼前的人，語氣盡是意外，「你怎麼在這？我們不是約在餐廳門口嗎？」

揚起唇角，他笑得柔和，「我想說跟妳一起走過去。」

說完，季晗逕自朝我走來，順勢牽起我的手。

從掌心傳來的溫熱，使我的耳根驀地一燙。

恍若盛夏裡的豔陽般，滾燙熾熱。

輕笑了聲，季晗溫柔道：「走吧。」

我羞赧地頷首，然後邁開步伐。

前往餐廳的途中，我跟季晗一如往常地聊著日常瑣事。

然而，一股異樣的情緒卻隨著前行的路程增加，逐漸升高。

明明是秋高氣爽的日子，手心傳來的溫度卻異常的熱。

——而且是來自季晗的手。

停下腳步，我困惑地看向季晗，赫然驚覺他滿臉漲紅，涔涔汗水自額頭滲出。

這種天氣，這個出汗量，明顯不正常。

我隨即將手輕覆在他的額頭上，慌忙地問：「季晗，你還好嗎？是不是感冒了？」

從手指傳來的觸感，滾燙得厲害。

季晗皺起眉，跟著摸了摸額頭，「嗯……可能前天海風吹多了，昨天開始喉嚨有點痛，今天早上不舒服的感覺更明顯了。」

聞言，我蹙緊眉，忍不住嘮叨：「你也太不愛惜自己的身體，還好意思要我照顧好自己，這句話應該是由我對你說才對。」

面對我的訓斥，季晗輕哂，「抱歉。」

覷了眼季晗，我沒好氣地回：「看你這張臉，完全沒有反省的意思。算了，午餐也別吃了，我們先去便利商店買點東西墊胃，然後去診所。」

季晗搖頭，「沒事，我回家休息一下就好。」

我則是堅持，「不行，去看醫生！」

僵持半晌，季晗拗不過我，只好答應。

在附近的便利商店買了兩份麵包跟豆漿後，我們朝停車場走去。

來到季晗外宿旁的車棚，接過鑰匙，我一面開鎖，一面道：「我來騎車。」

「……妳會騎嗎？」季晗的聲音從身後傳來。

「放心好了，我雖然沒有車，但有駕照！」挺起胸膛，我露出一抹得意的笑容，然後轉身。

於此同時，季晗的身子向前一傾，一股沉甸甸的重量壓在我身上。

季晗整個人就這麼癱倒在我的懷裡，動也不動。

「……季晗？」瞠圓眼眸，我震驚地看著眼前的人，吶吶地開口：「你、你還好嗎？季晗？聽得到我的聲音嗎？」

季晗沒有回答，而是安靜地靠在我的懷裡。

四周一片沉寂，徒有呼嘯而過的風聲。

我輕輕搖晃季晗的肩膀，卻發現他的身子燙得駭人，「季晗、季晗！你醒醒啊！不要嚇我，季晗……」

見他依舊沒有回應，咬緊牙，我奮力地將季晗微微撐起。

卻發現他雙眼緊闔，似乎昏厥過去。

藉著機車的倚靠，我緩慢地將季晗挪到地上，隨後拿出手機撥打１１９。

救護車很快的便抵達現場。

看著被送上車的季晗，我趕緊拔起插在機車上的鑰匙，並叫了輛計程車，前往醫院。

＊＊＊

周圍的空氣瀰漫著濃濃的消毒水味。

在醫護人員的處理下，季晗的狀況下總算穩定下來。

窗外的景色由亮轉黑。

昏睡幾個小時，季晗終於慢慢睜開眼。

見狀，我欣喜若狂，急忙奔上前，「太好了，季晗！你終於醒了！」

他茫然地看著天花板，神情呆滯。

片刻，季晗將視線移到我身上，定格住。

我忍不住問：「還好嗎？有沒有哪裡不舒服？」

季晗沒有答聲，目光卻依舊停留在我的臉上，沒有移開。

半晌，他慢慢啟唇，聲音沙啞：「……這裡是？」

我趕緊解釋：「這裡是醫院，你在外宿車棚昏倒了，我幫你叫了救護車。」

語落，鼻頭驟然湧現幾分酸楚。

皺起眉，我憂心忡忡道：「真是，你差點把我嚇死，病得這麼嚴重，也不去看醫生，讓人擔——」

我的話還沒說完，季晗忽然開口：「……請問妳是？」

話聲落下的那刻，嘴邊的叨念戛然而止。

瞠圓眼眸，我震驚地望向季晗，渾身僵住。

靜默幾秒，我怔然地張口，不敢置信地問：「……你、你說什麼？」

驚愕的情緒佔據我的思緒，使我無法思考。

腦袋猶如一張白紙般，一片慘白。

面對我的反應，季晗似乎難以理解，感到納悶。

他微微蹙起眉，狐疑地重複著方才那句話：「請問妳是？」

聞言，左胸猛然顫動了一下。

迎上季晗的目光，我猝然怔住。

那是一雙平淡如水的眼眸。

我記得這個眼神。

——那是我第一次見到季晗時的表情。

意識到這點，我感覺呼吸驀地一滯。

周遭的空氣彷彿在這一剎變得極為稀薄，令人喘不過氣，幾近窒息。

抿了抿唇，我吶吶地問：「……季、季晗，你真的不記得我了嗎？我是舒毓琦啊！」

然而，季晗的神情依然困惑。

看著他的臉龐，我的心慢慢縮緊。

宛如被人給緊緊捏緊般，疼得難受。

「……回去了嗎……」捏緊衣角，我感覺眼眶逐漸熱了起來，「……已經……回去了嗎？季晗……」

喉嚨這時乾得發澀，我喃喃地重複道。

躺在病床上的季晗則是面露納悶，將眉頭皺得更緊，「什麼回去？」

聽到他的疑問，我如夢初醒般地抹去眼角的淚水，然後別開臉。

「……沒、沒事。」深吸了口氣，我若無其事地轉過身，「我去幫你叫護理師來。」

以這個為藉口，我迅速走出病房，來到護理站，通知他們季晗醒來的事。

我先是呆愣地看著護理師離開的背影，隨後低下頭，心臟揪緊。

慢步來到樓梯間，我在第二格階梯坐了下來。

盤旋於腦海的，盡是方才對話的畫面。

病房裡的季晗，應該是這個時空的季晗。

而我所認識的季晗，已經不在了……

想到這裡，我的鼻頭驀地一酸。

悲傷的情緒猶如洪水潰堤般，傾洩而出。

將臉埋進膝蓋裡，我再也抑制不住地哭了起來。

潛藏在淚水之中的，是寂寞——

以及再也無法說給那人聽的喜歡。

＊＊＊

那天在樓梯間哭完後，我並沒有回病房，而是默默地離開醫院。

既然現在的季晗已經不認識我，狀況也已經穩定下來，留在那裡似乎沒什麼意義。

之後的日子，趨於平淡。

與其說是平淡，倒不如說回歸原來的生活，大一的生活。

這一年來，實在太過曲折。

我從來沒想過，加入流唱社，成為壓軸表演的主唱，竟會帶來如此巨大的轉變。

無數的明槍暗箭，每天反覆上演。

過去的一年，彷彿彎離的軌道，而另個時空季晗的出現，將軌道導回正常的方向。

如今，命運被扭轉，日子回歸正常，另個時空的季晗也離開了，一切看似完美——

可我卻開心不起來……

心好似破了洞，有個缺口。

空蕩蕩的，怎麼也填不滿。

日子一天天過去，琬茵似乎也察覺到異狀，忍不住問：「妳跟季學霸是不是吵架了？」

我微愣，「……為什麼這麼問？」

「以前妳時不時就跟季學霸出去，可這陣子卻毫無互動，我想說你們是不是吵架了。」琬茵皺起眉，下一秒，她睜圓眼眸，表情彷彿想起什麼，緊接著道：「對了，說到季學霸，前幾天我在學餐遇見他，主動跟他打招呼，他卻都不理我，簡直就像陌生人。」

說到這裡，琬茵面露不悅，話裡流露著滿滿的納悶，「他怎麼回事啊？發個燒、住個院，就性格大變？彷彿換了個人似的。」

聽到琬茵的抱怨，我倏地怔住，隨後苦笑。

現在的季晗當然不會跟琬茵打招呼，因為他根本不認識她。

看著琬茵，我牽起嘴角，「就像之前剛認識的季晗？」

聞言，琬茵接連頷首，「對、對，就跟一開始的季學霸一樣，平常面無表情，也沒有笑容……我還以為妳成功改造了季學霸，沒想到老樣子又出來了。」

嘆了口氣，我加深笑容，唇邊的笑意多了幾分苦澀，「其實，妳認識的季晗，跟現在的季晗，不完全是同一個人……」

「啊？」琬茵一臉困惑。

斂下眼，我輕聲道：「這件事……以後再慢慢跟妳說……」

琬茵望著我，表情雖然不解，卻也沒有再多問。

至於子默學長，聽流唱社的其他社員說，他休學了。

具體的原因不清楚，但我猜，跟先前發生的事多少有關。

蕭亭君則是退社了，而星辰學姊在交接完社務後，便再也沒有出現在流唱社。

轉眼間，深秋過去，初冬來臨。

拉開抽屜，我將裡面的東西全數拿出，放到桌面上，打算好好整理。

當指尖碰觸到一枚黑色的隨身碟時，我感覺渾身一僵，心臟用力顫動了一下。

——那是季晗當時在咖啡廳給我的隨身碟。

拾起那枚隨身碟，我插入電腦的傳輸孔。

畫面顯示一個音檔以及資料夾。

點開音檔，裡面的內容是音樂祭那天在社辦的全程對話。

關掉檔案，我將注意力放在音檔旁的資料夾。

點了兩下右鍵，資料夾裡存著一個名為「給毓琦」的音檔。

對此，我不禁感到好奇，隨即點開。

一道熟悉的聲音這時透過耳機，傳入我的耳裡。

「舒毓琦，為了答謝妳之前教我唱歌，我錄了一首歌送妳，雖然唱得不是很好，但我盡力了。」

說完，耳機響起歌曲的前奏。

——是邱振哲的〈太陽〉。

伴隨季晗的歌聲落入耳裡，我感覺眼眶驀地一熱。

雖然有幾個音沒有唱好，可隱藏在歌聲之中的情感，卻比以往季晗唱的任何一首歌還要深厚。

歌曲唱完後，我按下重播鍵。

如此循環了幾次，我忍不住流下淚。

儘管我早已知道，我所認識的季晗已經離開了。

可這一刻，我卻再次深刻地體悟到——

季晗不在身邊的事實。

＊＊＊

餐廳裡人聲鼎沸。

我失神地捲起盤裡的麵，卻沒什麼食慾。

盤旋於腦海裡的，盡是跟季晗有關的回憶。

——這裡是我跟季晗第一次吃飯的餐廳。

還記得當時的季晗，向我說起他來自未來，以及我將會自殺的事。

明明是一年多前的記憶，卻恍如昨日。

忽然，兩抹身影冷不防出現在餐桌旁。

緊接而來，是服務生的聲音，「這位同學，不好意思，由於我們店裡空位不夠，介意併桌嗎？」

我先是微愣，隨後頷首，「哦、哦，好啊。」

服務生滿懷感激地道謝，並引領身旁的人入座。

抬起頭，一張熟悉的臉龐猝不及防闖進我的視線。

我猝然一驚，原本正在捲麵的手倏地僵住。

四目相接的那刻，對方的眼底驟然閃過幾絲驚訝。

他眼眸微瞠，詫異地望著我，「妳是那天在病房裡的……」

我感覺心臟瞬間揪緊。

彷彿被針扎到般，有點刺、有點疼，隱隱作痛。

一縷悲痛這時自心裡油然升起，恍若一絲火苗，迅速蔓延。

隨著那道目光停留在我身上的時間愈長，火苗愈演愈烈，最終轉為漫天巨火。

抿了抿唇，我沒有說話，而是靜靜地望著對面的人。

是季晗……

同樣的場景、同樣的臉龐，卻是兩個不同的靈魂。

儘管我很清楚，眼前的季晗並非我所認識的季晗。

可當我看見這張臉時，鼻頭卻驀地湧現幾絲酸楚。

原以為時間能沖淡一切。

然而到了最後，我卻發現，埋藏在內心的那份思念非但沒有衰減，反而與日俱增。多麼難受。

沉寂片刻，見我安靜，季晗率先出聲：「對了，還沒鄭重地跟妳道謝。」

他微微點頭，由衷道：「謝謝妳幫我叫了救護車，把我送到醫院。」

聞言，我搖頭苦笑，「舉手之勞罷了，沒什麼，看到有人暈倒，總不能坐視不管吧？」

季晗沒有答聲，視線卻筆直朝我投來。

他仔細凝視著我，半晌，季晗緩緩開口：「——妳認識我，對吧？」

語落的瞬間，我渾身一震，驚愕地看向他。

季晗的目光緊鎖著我，沒有移開，「從妳現在的反應，以及那天在病房的樣子看來，妳是認識我的，對吧？」

他依舊重複著方才那句話。

縱然這是個疑問句，可季晗的眼神卻閃爍著滿滿的堅定。

捏緊衣角，我沒有回聲。

季晗又道：「——我看過我跟妳的對話紀錄了。」

話聲落下的剎那，左胸猛然一顫，心跳急遽加速。

周圍的空氣彷彿在這一刻變得極為稀薄，令人喘不過氣，幾近窒息。

我錯愕地看著季晗，語帶沙啞地張口：「季晗，你……」

「不瞞妳說，我失去這一年的記憶。」歛下眼，季晗的表情遽然蒙上幾分黯淡，「也不是完全想不起來，偶爾還是會浮現一些片段記憶，只是這些記憶非常的模糊……原以為是高燒帶來的影響，問過醫生，也做了檢查，結果顯示大腦十分正常，我甚至看過精神科，懷疑自己是否有另個人格，可醫生卻說沒有發現任何異常。」

說到這裡，季晗抬起頭，神情認真，「最令我困惑的是，那些回憶裡，似乎都挾著妳的身影。」

聽完季晗的話，我猝然心驚，喉嚨一緊。

咬緊下唇，沉默許久，我緩緩出聲：「……既然你都已經忘了，也沒必要問這些吧？」

「可是我想找回那段記憶。」迎上我的視線，他放慢語速，一字一字，說得緩慢且慎重，「就算沒辦法完全找回也沒關係，但我想重新認識妳。」

我感覺呼吸驀地一滯，渾身僵住。

瞠圓眼眸，我驚愕地望向季晗，語氣流露著滿滿的不解，「……為、為什麼要這麼堅持？」

面對我的疑問，他先是微怔，喃喃道：「是啊，為什麼呢……」

下一秒，季晗唇角微彎，「——總覺得妳是個非常重要、一定要想起來的人。」

話聲落下的那刻，我感覺眼眶驟然一熱，眼前的畫面逐漸模糊起來。

劇烈的悲傷自心底一擁而上。

猶如漫天巨浪，鋪天蓋地朝我襲來，將我淹沒。

我哽咽地別開眼，忍不住落淚。

坐在對面的季晗則是面露慌張，「妳、妳還好嗎？」

搖了搖頭，我試圖張口，卻發現自己早已泣不成聲，想說的話全梗在喉間。

季晗連忙抽了幾張面紙，朝我遞來，神情擔憂。

這一剎，眼前的季晗，跟回憶裡的季晗，相互重疊。

接過面紙，抹去眼角的淚水，我深吸了口氣，調整情緒。

沉寂半晌，我緩慢啟唇，牽起嘴角，「……抱歉，失態了，我只是……很高興你把我看得這麼重要……」

季晗沒有說話，而是擔心地望著我。

對上季晗的目光，我揚起唇角，柔和地笑，「……那個，我是資工系的舒毓琦。」

面對我的介紹，季晗先是微怔，隨後淺笑，「——我是物理系的季晗。」

語落的瞬間，我再次紅了眼眶。

——那一刻，我彷彿看見另個時空的季晗。

吶，季晗。

謝謝你來到我的世界。

你的出現，是漫漫時光中，最溫柔的一首情歌。

謝謝你，在我生命裡留下一道不可抹滅的絢爛。

——漫長歲月裡，能遇見你，我何其幸運。

《全文完》

Sidestory 最溫柔的時光

規律的儀器聲迴盪於病房裡。

望著眼前沉睡的臉龐，季晗斂下眼，神情凝重。

步出加護病房，一道和藹的聲音自右方傳來——

「又是你啊？季同學。」季晗轉過頭，映入眼簾的，是張滄桑的面容。

儘管表情看上去有些疲憊，但婦人的唇角依舊挾著一抹和善的笑意。

視線交會的那刻，季晗禮貌性地頷首。

「謝謝你願意來探望毓琦。」婦人的臉上布滿歲月的痕跡，沉重的黑眼圈顯現出這段日子以來的奔波與疲勞，「也只有你願意來見她了……」

婦人在說這句話時，語氣流露著濃濃的不捨跟感激。

對此，季晗的心倏地一沉。

他仔細凝視著婦人微低的側臉，內心乍然湧現幾分心疼。

前陣子見到對方時，似乎還沒有這麼憔悴。

每天這樣看著自己的女兒，想必心裡應該十分煎熬吧？

季晗的眼眸微微一黯。

「毓琦她……」沉寂半晌，婦人緩緩啟唇，聲音帶著幾分顫抖，「……究竟是發生了什麼事？那些傳言……是真的嗎？」

迎上婦人的視線，季晗先是靜默片刻，然後開口：「伯母。」

聽到呼喊聲，婦人愣怔地抬起頭，眼底挾著幾分惶恐。

抿了抿唇，季晗輕聲問：「——妳相信自己的女兒嗎？」

大概是沒料到季晗會這麼問，婦人先是一怔，過了一會兒，這才猛然頷首，「……相、相信，當然相信……」

面對婦人的回答，季晗揚起唇角，淺淺一笑，「那就好。無論妳聽到什麼傳聞，都不要輕易相信。」

季晗加重語調，字字說得用力，「——那都是有人蓄意陷害。」

聞言，婦人一臉驚恐，四肢頓時癱軟，幸好季晗及時上前攙扶，這才沒有跌倒。

婦人還想追問下去，季晗卻早一步點頭道別。

見狀，婦人沒有開口，僅是嘆了口氣。

走出醫院，看著室外明媚的陽光，季晗深深地吐了口長氣。

相較於醫院裡的陰鬱，外面的景色顯得生機盎然。

——這個時空的舒毓琦，依舊還沒甦醒。

回到原本的時空，季晗調查了舒毓琦周遭的事。

這裡的舒毓琦雖然成功參加了壓軸表演徵選，卻在複賽時失去演唱資格——原因是無法出賽。

除此之外，早在徵選前，舒毓琦在流唱社的人際關係便不是很好。

儘管其他社員並未與舒毓琦交惡，但礙於蕭亭君的關係，也不敢與之親近。

後來，舒毓琦在宣企組弄丟了企劃，不好的名聲便逐漸傳開。

再後來，便有了舒毓琦跟Jason老師的傳聞。

了解所有狀況後，季晗不禁用指腹按了按眉心，心裡湧現無數的憐惜跟不捨。

這個時空的舒毓琦，猶如活在深淵。

沒有任何的希望，只能暗自哭泣，悲痛欲絕……

＊＊＊

之後，因為物理年會的關係，季晗有兩個月沒有去醫院探訪舒毓琦。

當他再次來到加護病房時，卻被護理師告知了一件事——

「原來924號房的病人已經轉到一般病房囉！」

聞言，季晗為之一驚。

在護理師的協助下，季晗來到新的病房前。

推開房門，裡面的人注意到聲響，扭頭望向他。

四目相接的瞬間，季晗瞪圓眼眸，心臟則是猛然顫動了一下。

還來不及開口，坐在病床上的人便冷下臉，面無表情地問了句：「你是誰？」

季晗難以置信地看著眼前的人，聲音微微顫抖，「……妳……什麼時候醒來的？」

「一個月前。」舒毓琦聲線冷漠，目光帶著幾分戒備，重複著方才的問題，「你是誰？」

不曉得是不是先前發生了太多事情，舒毓琦的神情顯得格外警戒。

對此，季晗感覺胸口一陣悶緊。

沉默片刻，他慢慢地回：「我是物理系的季晗，二上的時候我們曾經修過同一堂課。」

聽到季晗的回答，舒毓琦皺起眉頭，「物理系？季晗？」

說完，舒毓琦的表情彷彿想起了什麼，眉頭頓時皺得更緊，用著不確定的語氣問著：「難道……你就是我媽說的，這段時間持續來探望我的同學？」

季晗沒有回答，僅是頷首。

舒毓琦狐疑地盯著季晗，神色依舊不解，「我不認識你，為什麼要來探望我？」

季晗沒有答聲。

舒毓琦先是緊盯著季晗，半晌，忽然冷笑了聲，「——你是在同情我？」

沒料到舒毓琦會說出這種話，季晗倏地一怔，然後否認，「不是。」

「不是？」舒毓琦眉頭深鎖，「如果不是，我只能懷疑你別有目的。」

季晗先是微愣，躊躇片刻，他嘆了口氣，慢慢道：「妳要這麼想也可以，因為我的目的就是見妳。」

語落的那刻，舒毓琦的身體明顯僵住。

她怔然地看著季晗，表情不敢置信。

「……見我？」舒毓琦愣愣地重複著季晗的回答，隨後笑了，「哈，怎麼可能，我們又不認識。」

「妳不認識我——」迎上舒毓琦的視線，季晗放慢語速，一字一字，說得極其慎重且認真，「但我認識妳。」

無數的納悶跟懷疑，在舒毓琦的臉上顯露無遺。

儘管她的眼神依然不是很相信，卻沒有再多說什麼。

沉默在空氣中橫亙而開。

兩人誰也沒有開口，僅是無聲地對望。

忽然，身後傳來開門聲。

季晗回頭一探，發現是舒毓琦的母親。

對方見到他，神色訝異，接著淺笑，「哎呀，你來啦，一陣子不見了。毓琦換了病房，我還擔心你找不到。」

季晗揚起唇角，「抱歉，前陣子比較忙，正好遇上物理年會。」

婦人笑得和藹，並揮了揮手，示意季晗前進，「來來，病床旁有椅子，別老站在這。」

季晗則是搖頭，「不了，我差不多該走了。」

婦人面露惋惜，「咦？不坐會兒嗎？」

季晗笑著搖頭。

正當他轉過身，邁開步伐的瞬間——

耳邊忽然響起舒毓琦的聲音。

「等、等等！」

聞言，季晗的動作驀地一滯，然後回眸。

只見舒毓琦緊抓著棉被，滿滿的躊躇跟猶豫在她的臉上顯露無遺。

掙扎片刻，她深吸了口氣，小心翼翼地問：「……你還會再來嗎？」

語落的瞬間，季晗眼眸微瞠。

迎上舒毓琦忐忑的視線，季晗反問了句：「妳希望我來嗎？」

望著季晗，舒毓琦抿了抿唇，沒有答聲，僅是輕輕地頷首。

見狀，季晗忍不住莞爾，眼底盛滿了溫柔，「只要妳希望，我就會來。」

聽到季晗的回答，舒毓琦胸口一震，眼眶驟然熱了起來。

季晗的目光則是停留在舒毓琦上，定格住。

腦海這時浮現另個時空舒毓琦的笑容，季晗斂下眼，嘴邊的笑意驀地深了幾分。

在這個時空，雖然我沒辦法陪妳一起面對黑暗，但我會陪著妳治癒傷口。

再惡寒的嚴冬，我都會陪著妳一起捱過、撐過。

——往後的日子還很長，只要有妳的時光，便是最溫柔的時光。

後記

嗨，大家好，我是菻寧！很高興《時光》能以實體書的形式跟大家見面！

沒想到能出版第三本書，謝謝秀威出版社提供給我這個機會，這本書大概會是我學生時期最後一本出版的書了（除非哪天我想不開又跑去深造XD）。

雖然還是學生，但其實也已經半踏入社會，每天過著跟上班一樣的生活。日子逐漸忙碌，寫作的時間被嚴重壓縮，不再能像以往蹺課窩在宿舍打稿。

慶幸的是，自己還能勉強維持一年一本的產出。

記得在趕《時光》的稿子時，每天都睡五、六小時。

我是個極度需要睡眠的人，每次假日都可以睡掉半天。

儘管很痛苦，但現在回頭去看，倒是很感謝當時的自己能堅持下去，壓底線完稿。

也因為有了這份堅持，才得以以現在這個形式，跟大家見面！

來聊聊這本書吧。

時光的雛型其實在二〇二〇年時就誕生了，雖然有許多地方跟目前的版本不同，但主要概念就是穿越時空，扭轉命運。

穿越時空一直是我非常喜歡的題材！無論是小說、漫畫、電影或是電視劇，只要跟穿越時空有關，總能引起我的注意。

也因此，我一直很想嘗試這類型的故事。

然而二〇二〇年時的我，並沒有太多時間琢磨於設計事件、安排犯人，以及擬定故事走向，於是這個故事就這樣擱置了一年。

直到去年夏天，我才決定提筆寫這個故事。

而當時正好看完學弟推薦的《只有我不存在的城市》，更是大幅地提升了我對《時光》的創作欲。

可惜的是，去年趕稿的時間不夠，導致《時光》在後面揭穿犯人的細節不是很充足。

原本是想著，等之後空閒之餘再來好好重修這段，沒想到《時光》過稿了！

因為出版排程，加上近期實在太多事情，每天處於水深火熱之中。

光是校稿就已經很吃力了，每天九點回到家，第一件事就是打開稿子校稿XD

不得已，只好保留原來版本，希望犯人那段不會讓大家覺得太過草率匆促。

至於結局。

我是個喜歡皆大歡喜Happy ending的人，日常生活中，無論是小說、漫畫、戲劇，只要聽到最後是悲劇我都不太會追（除非真的真的非常推薦）。

如果可以，我也想給季晗跟毓琦更美好的結局。

雖然我不覺得這是悲劇，可在我心裡，還是很遺憾，但——

這也是我認為我能給他們最好、最適合的結局。

不是我刻意要拆散他們，而是我認為，一切應該回歸「正常」，季晗應該回到原本的時空。

為了給雙方都有想像空間，我還特意安排另個時空的舒毓琦自殺未遂，因為我希望兩邊都有可能幸福的結局。

最後，再次感謝秀威出版社提供了這個出版機會。

也謝謝我的編輯，喬編，體諒我最近比較忙碌，包容我延後交稿日期，甚至替我的論文跟報告加油打氣，哈哈！

還有朋友三三，謝謝不太看這類型小說的妳，還是很認真地看完了這本書，希望以後的妳能過得安好，遇到許多美好的人跟事物。

最後，還要感謝正在閱讀的你們。

以及去年夏天，那個願意犧牲睡眠趕稿的自己，謝謝妳沒有放棄！

要青春92　PG2747

要有光
FIAT LUX

時光裡最溫柔的情歌

作　　者	茉　寧
責任編輯	喬齊安
圖文排版	陳彥妏
封面設計	也　津
封面完稿	劉肇昇

出版策劃	要有光
發 行 人	宋政坤
法律顧問	毛國樑　律師
印製發行	秀威資訊科技股份有限公司 114台北市內湖區瑞光路76巷65號1樓 電話：+886-2-2796-3638　傳真：+886-2-2796-1377 http://www.showwe.com.tw
劃撥帳號	19563868　戶名：秀威資訊科技股份有限公司 讀者服務信箱：service@showwe.com.tw
展售門市	國家書店（松江門市） 104台北市中山區松江路209號1樓 電話：+886-2-2518-0207　傳真：+886-2-2518-0778
網路訂購	秀威網路書店：https://store.showwe.tw 國家網路書店：https://www.govbooks.com.tw
總 經 銷	聯合發行股份有限公司 231新北市新店區寶橋路235巷6弄6號4F 電話：+886-2-2917-8022　傳真：+886-2-2915-6275

出版日期	2022年4月　BOD一版
定　　價	270元

讀者回函卡

Printed in Taiwan

國家圖書館出版品預行編目

時光裡最溫柔的情歌/沬寧著. -- 一版. -- 臺北
市 : 要有光, 2022.04
面 ;　公分. -- (要青春 ; 92)
BOD版
ISBN 978-626-7058-23-7(平裝)

863.57　　111002609